En Defensa de los Ociosos

Por

Robert Louis Stevenson

En defensa de los ociosos

Boswell: Cuando estamos ociosos, nos aburrimos.

Johnson: Eso sucede, señor, porque como los demás están ocupados, nos falta compañía; pero si todos estuviéramos ociosos, no nos aburriríamos. Nos entretendríamos mutuamente.

En estos tiempos en que todo el mundo está obligado, so pena de ser condenado en ausencia por un delito de lesa respetabilidad, a emprender alguna profesión lucrativa y a esforzarse en ella con bríos cercanos al entusiasmo, la defensa de la opinión opuesta por parte de los que se contentan con tener lo suficiente, y prefieren mantenerse al margen y disfrutar, tiene algo de bravata y fanfarronería. Sin embargo, no debería ser así. La supuesta ociosidad, que no consiste en no hacer nada, sino en hacer muchas cosas que no están reconocidas en las dogmáticas prescripciones de la clase dominante, tiene tanto derecho a exponer su posición como la propia laboriosidad. Se suele admitir que la presencia de personas que se niegan a tomar parte en la gran carrera de obstáculos por un poco de calderilla no hace más que insultar y desalentar a quienes participan. Un individuo cabal (como tantos que vemos) toma su decisión, opta por la calderilla y, con esa enfática expresión tan americana, «va a por ella». Y, mientras este hombre va ascendiendo trabajosamente por la senda marcada, no es difícil comprender su resentimiento cuando ve que, junto al camino, hay personas cómodamente tendidas sobre la hierba del prado, con un pañuelo sobre las orejas y un vaso al alcance de la mano. La indiferencia de Diógenes tocó una fibra muy sensible de Alejandro. ¿Dónde estaba la gloria de haber conquistado Roma si cuando aquellos turbulentos bárbaros se precipitaron en el Senado encontraron allí a los Padres sentados en silencio e indiferentes a su hazaña? Es descorazonador haberse esforzado para escalar escarpadas cumbres y, al llegar arriba, encontrar que la humanidad permanece indiferente a tu proeza. De ahí que los físicos condenen a quienes se ocupan de lo que no entra en las leyes de la física, que los financieros no toleren más que superficialmente a los que no entienden de alzas y bajas de valores, que los literatos desprecien a los iletrados, y que los de todas las profesiones coincidan en su desprecio hacia quienes no desempeñan ninguna.

Sin embargo, no es ésta la mayor dificultad del asunto. Nadie va a la cárcel por hablar en contra de la laboriosidad, pero puede ocurrir que todos te den de lado si dices insensateces. En la mayor parte de los temas, la principal dificultad está en tratarlos bien; por lo tanto, recuerde que esto es una apología. Ciertamente, se pueden presentar muchos argumentos sensatos en favor de la diligencia, pero también se puede decir algo en contra, y eso es lo que quiero hacer en esta ocasión. Exponer un argumento no implica necesariamente que se haya de ser indiferente a todos los demás, lo mismo que haber escrito un libro de viajes por Montenegro no significa que su autor no haya estado nunca en Richmond.

No cabe duda de que las personas deben poder entregarse al ocio en la juventud. Pues aunque alguna vez haya un lord Macaulay que acabe sus estudios con todos los honores y en su sano juicio, la mayoría de los muchachos pagan un precio tan alto por sus medallas que salen al mundo en bancarrota y no se recuperan. Y lo mismo puede decirse de todo el tiempo que un muchacho pasa educándose, o soportando que le eduquen. Debió de ser un anciano insensato el que en Oxford se dirigió a Johnson en estos términos: «Joven, aplíquese ahora a los libros con diligencia y adquiera un buen caudal de conocimientos, porque cuando pasen los años su estudio le resultará fatigoso». Aquel caballero parecía no darse cuenta de que para cuando un hombre tiene que usar gafas y no puede caminar sin apoyarse en un bastón, aparte de leer hay muchas otras cosas que resultan fatigosas y no pocas imposibles. Los libros están muy bien a su manera, pero son un pálido sustituto de la vida. Parece una pena permanecer sentado, como la dama de Shalott, mirando en un espejo de espaldas al bullicio y la fascinación de la realidad. Y si un hombre lee demasiado, como nos recuerda una vieja anécdota, apenas le quedará tiempo para pensar.

Si vuelve la vista atrás y recuerda su propia educación, estoy seguro de que no serán las horas plenas, intensas e instructivas en que hizo novillos lo que lamente, sino, más bien, algunos ratos tediosos de duermevela en clase. Por mi parte, asistí a muchas horas de clase en mi tiempo. Aún recuerdo que el giro de la peonza es un ejemplo de estabilidad cinética. Aún recuerdo que la enfiteusis no es una enfermedad y que estilicidio no es un crimen. Pero aunque no me gustaría desprenderme de esas migajas de ciencia, no les doy el mismo valor que a ciertos retazos de conocimiento que adquirí en las calles mientras hacía novillos. No es éste el momento de extenderme sobre ese gran lugar de educación que era la escuela favorita de Dickens y de Balzac, y que cada año produce muchos anónimos maestros en la Ciencia de las Facetas de la Vida. Baste con esto: si un muchacho no aprende en la calle es porque no tiene aptitudes para aprender. Además, el que falta a clase tampoco tiene que estar siempre callejeando; si lo prefiere, puede encaminarse hacia los barrios ajardinados de las afueras y salir al campo. Entonces puede echarse cerca de unos lilos, junto a un arroyo, y fumar pipa tras pipa mientras escucha la melodía del agua sobre los guijarros. En los arbustos cantará un pájaro. Y quizá ahí pueda entregarse a agradables pensamientos y vea las cosas desde una nueva perspectiva. Si esto no es educación, ¿qué es? Podemos imaginar que el Sabio Mundano se acercaría a amonestarle y que tendría lugar la siguiente conversación:

—Eh, muchacho, ¿qué haces aquí?

—Pasando el rato, señor.

—¿No es hora de estar en clase? ¿Y no deberías estar aplicándote con diligencia a tus libros para adquirir conocimientos?

—Es que así también aprendo, con su permiso.

—¡Menuda manera de aprender! ¿Y qué aprendes, si me lo puedes decir? ¿Matemáticas?

—No, desde luego que no.

—¿Metafísica?

—Tampoco.

—¿Alguna lengua?

—No, ninguna lengua.

—¿Un oficio?

—Tampoco es un oficio.

—Pues entonces, ¿qué es?

—Es que como pronto me llegará el momento de ir de Peregrinación, señor, quiero saber qué es lo que hacen los demás en mi caso y dónde están las peores Ciénagas y Espesuras del Camino; y también qué clase de Bastón es el más adecuado para él. Además, me he echado aquí, junto al agua, para aprenderme de memoria una lección que mi maestro me ha enseñado a llamar Paz o Contento.

Al escuchar esto, el señor Sabio Mundano no pudo contener la indignación y, esgrimiendo su bastón con gesto amenazador, respondió de esta guisa: «¡Menuda manera de aprender! ¡Yo haría que el verdugo azotara a todos los granujas de tu calaña!».

Y continuó su camino, colocándose la corbata con un crujido de almidón, como un pavo cuando extiende sus plumas.

Ahora bien, la opinión del señor Sabio Mundano es la más extendida. A un hecho no se le llama hecho, sino habladuría, si no entra en alguna de las categorías escolásticas. La búsqueda del conocimiento ha de ir en alguna dirección reconocida, etiquetada con un nombre; de lo contrario, no es más que holgazanería, y ni siquiera mereces el asilo de pobres. Se supone que todo conocimiento está en el fondo de un pozo, o en el extremo de un telescopio. En su madurez, Sainte-Beuve consideraba que toda la experiencia era como un gran libro en el que estudiamos durante unos años antes de partir de aquí; y le parecía que era indiferente si leías el capítulo XX, que es el cálculo diferencial, o el XXXIX, que es escuchar a la banda tocar en el parque. De hecho, una persona inteligente que tenga ojos para ver y oídos para escuchar, sin perder nunca la sonrisa, adquirirá una formación más auténtica que muchos otros en una vida de heroicas vigilias. Ciertamente, hay una clase de conocimiento frío y árido en las cimas de la ciencia formal y laboriosa, pero es simplemente mirando a tu alrededor como aprenderás los hechos cálidos y palpitantes de la vida. Mientras que otros abarrotan su memoria cargándola de palabras inservibles, la mitad de las cuales se les habrán olvidado antes de que acabe la semana, el que no asiste a clase puede aprender algún arte verdaderamente útil: tocar el violín, apreciar un buen cigarro puro o hablar con naturalidad y acierto a toda clase de personas. Muchos de los que se han aplicado a los libros con diligencia y lo saben todo sobre una rama u otra del conocimiento aceptado salen del estudio con un aire envejecido de búho y se muestran secos, torpes e irritables en las ocasiones mejores y más brillantes de su vida. Muchos amasan una gran fortuna, pero siguen siendo vulgares y de una estupidez patética hasta el fin de sus días. Y, entre tanto, ahí está el ocioso que comenzó la vida con ellos… convendrá conmigo que ofrece una imagen completamente distinta. Ha podido ocuparse de su salud y su espíritu; ha pasado mucho tiempo al aire libre, que es lo más saludable tanto para el cuerpo como para la mente; y si bien nunca se ha adentrado en lugares muy recónditos del gran Libro, lo ha hojeado y leído de pasada con gran provecho. ¿No renunciaría el estudioso a algunas raíces hebreas y el hombre de negocios a algunas de sus monedas por algo del conocimiento de la vida en general y del Arte de la Vida que posee el ocioso? Además, el ocioso tiene otra característica aún más importante que éstas. Me refiero a su sabiduría. Quien haya contemplado con frecuencia la pueril satisfacción que sienten otras personas por sus aficiones verá las propias con una indulgencia irónica. No se le escuchará entre los dogmáticos. Mostrará una gran y serena tolerancia con toda suerte de personas y opiniones. Puede que no descubra verdades extraordinarias, pero tampoco se identificará con apasionadas falsedades. Su forma de ser le lleva por un camino poco frecuentado, pero agradable y llano, que se llama la Senda del Lugar Común y que conduce al Mirador del Sentido Común. La vista que se domina desde ahí, si no sublime, es agradable, y mientras que otros contemplan Oriente y Occidente, el Demonio y el Amanecer, él se contentará con percibir una suerte de hora matinal sobre todas las cosas terrenas, con un ejército de sombras precipitándose en todas direcciones hacia la gran luz de la Eternidad. Las sombras y las generaciones, los estridentes doctores y las estruendosas guerras, todos se pierden juntos en el silencio y el vacío definitivos; pero, por debajo de todo esto, desde las ventanas del Mirador, se puede ver un gran paisaje verde y apacible, muchos salones iluminados por el fuego de las chimeneas, buena gente riendo, bebiendo y amándose, como lo hacían antes del Diluvio y de la Revolución Francesa, y al viejo pastor contando su historia bajo el espino.

Una diligencia excesiva en el colegio o en la universidad, en la iglesia o en el mercado, es síntoma de una vitalidad deficiente, y la facultad para el ocio implica un apetito universal y un marcado sentido de la identidad personal. Hay un tipo de personas apagadas, muertas en vida, que apenas son conscientes de vivir, excepto en el ejercicio de alguna ocupación convencional. Si las llevas al campo, o las subes a un barco, verás que añoran su mesa de trabajo o su estudio. Carecen de curiosidad; son incapaces de entregarse a estímulos fortuitos; no obtienen placer alguno en el mero ejercicio de sus facultades, y a menos que la Necesidad las espolee, permanecen inmóviles. Es inútil hablar con gente así; no pueden estar ociosas, porque su naturaleza no es lo suficientemente generosa, y pasan en una especie de coma las horas que no están dedicadas a bregar frenéticamente para obtener oro. Cuando no es necesario que vayan a la oficina, cuando no tienen hambre ni les apetece beber, todo el mundo vivo está vacío para ellos. Si tienen que esperar un tren durante, por ejemplo, una hora, entran en un estúpido trance con los ojos abiertos. Al verlos, cabría suponer que no hay nada que mirar ni nadie con quien hablar; que estaban paralíticos o enajenados; y, sin embargo, es muy posible que en su trabajo se esfuercen a su manera y que tengan buen ojo para detectar un error en un documento o un cambio en la bolsa. Han pasado por el colegio y la universidad, pero siempre tenían la vista fija en la medalla; se han movido por el mundo y mezclado con personas inteligentes, pero todo el tiempo estaban pensando en sus propios asuntos. Como si el alma humana no fuera ya demasiado limitada, han estrechado y empequeñecido la suya aún más con una vida enteramente de trabajo y nada de juego; hasta que los encontramos a los cuarenta años con la atención embotada, la mente vacía de cualquier elemento de distracción, y ni un pensamiento que pulir contra otro, mientras esperan el tren. De niño, se podría haber encaramado a los vagones; a los veinte años, habría mirado a las chicas; pero ahora la pipa se ha consumido, la caja del rapé está vacía, y mi caballero está sentado en un banco muy tieso y con ojos lastimeros. No me parece que esto sea el Éxito en la Vida.

Pero no es sólo la propia persona la que sufre por estar siempre ocupada, sino también su esposa y sus hijos, sus amigos y allegados, y hasta la gente que viaja con él en el tren o en un carruaje. La constante devoción a lo que un hombre llama su trabajo sólo se mantiene a costa de una indiferencia constante hacia muchas otras cosas. Y no es en absoluto seguro que el trabajo sea lo más importante que alguien tiene que hacer en la vida. Parece claro en una valoración imparcial que muchos de los papeles más sabios, más virtuosos y más benéficos en el Teatro de la Vida los representan intérpretes fortuitos y que el mundo en general los toma por fases de ociosidad. Pues en ese Teatro representan un papel y desempeñan funciones importantes para el resultado general no sólo los activos caballeros, las doncellas cantarinas y los diligentes violines de la orquesta, sino quienes miran y aplauden desde los bancos. Sin duda dependemos en gran medida de la atención de nuestro abogado y nuestro corredor de bolsa, de los guardias y guardavías que nos permiten trasladarnos rápidamente de un lugar a otro, y de los policías que patrullan las calles para nuestra protección, pero ¿no tendremos un pensamiento de gratitud en el corazón para otros benefactores que nos hacen sonreír cuando nos cruzamos con ellos o que nos amenizan la comida con su agradable compañía? El coronel Newcome ayudó a su amigo a perder su dinero; Fred Bayham tenía la fea costumbre de pedir camisas prestadas; con todo, era preferible tropezar con ellos que con Mr Barnes. Y aunque Falstaff no solía estar sobrio ni era muy honrado, creo que podría nombrar a uno o dos adustos barrabases de los que el mundo podría haber prescindido mucho mejor. Hazlitt dice que se sentía más obligado a Northcote, que nunca le había hecho algo que pudiera considerar un servicio, que a todo su círculo de ostentosos amigos, pues estaba convencido de que un buen compañero era el mayor benefactor. Sé que hay personas en el mundo incapaces de sentir gratitud si cuando se les hace un favor no es a costa de dolor y dificultades. Pero esto demuestra un temperamento mezquino. Si un hombre nos envía seis hojas de papel llenas de los cotilleos más entretenidos o pasamos media hora agradablemente, quizá incluso con provecho, leyendo un artículo suyo, ¿nos parecerá que el servicio habría sido mayor si hubiera escrito el texto con su propia sangre, como un pacto con el diablo? ¿Pensaremos realmente que tendríamos que estar más agradecidos a nuestro corresponsal si nos hubiera estado maldiciendo todo el tiempo por nuestra falta de oportunidad? Los placeres son más beneficiosos que los deberes porque, como la compasión, no son obligados y son por ello doblemente benditos. Para un beso hacen falta dos personas, y de una broma quizá puedan disfrutar veinte; pero un favor, cuando hay en él un elemento de sacrificio, se confiere con dolor y entre personas generosas se recibe con turbación. No hay deber que infravaloremos tanto como el de ser felices. Siendo felices, sembramos en el mundo beneficios anónimos que permanecen ignorados incluso por nosotros mismos y que, cuando se manifiestan, no sorprenden a nadie tanto como al propio benefactor. El otro día un muchacho que iba descalzo y en harapos perseguía una canica calle abajo con un aire tan alegre que puso de buen humor a todos los que pasaban; una de esas personas, que antes había estado atenazada por pensamientos incluso más sombríos de lo habitual, detuvo al muchacho y le dio unas monedas mientras le decía: «Ya ves, a veces éste es el resultado de mostrarse alegre». Si antes había mostrado alegría, ahora mostraba alegría y desconcierto. Por mi parte, aplaudo que se fomente en los niños la sonrisa, y no las lágrimas; no quiero pagar para ver lágrimas más que en el escenario; sin embargo, estoy dispuesto a costear generosamente la mercancía opuesta. Es mejor encontrar a un hombre o una mujer feliz que un billete de cinco libras. Esa persona irradia buena voluntad y cuando entra en una estancia es como si se hubiera encendido otra vela. No debe interesarnos si son capaces de demostrar el teorema de Pitágoras; hacen algo mejor: demuestran en la práctica el gran Teorema de la vida que merece ser vivida. Por lo tanto, si una persona no puede ser feliz más que estando ociosa, debe estar ociosa. Es un precepto revolucionario, pero gracias al hambre y al asilo de pobres, no resultará fácil abusar de él, y, dentro de unos límites prácticos, es una de las verdades más incontestables de todo el Cuerpo Moral. Observe por un momento a uno de esos individuos tan diligentes. Siembra prisa y cosecha indigestión; su inversión es una actividad desbordante y el interés que recibe a cambio es una gran desazón nerviosa. Bien se aísla completamente de todo contacto con los demás y vive recluido en una buhardilla, con unas toscas zapatillas y un pesado tintero, bien entra en contacto con la gente de forma apresurada y brusca, en una contracción de todo su sistema nervioso, para descargar su mal humor antes de volver al trabajo. No me interesa cuánto trabaja ni lo bien que lo haga, es una maldición en la vida de otras personas. Serían más felices si estuviera muerto. En el Negociado de Circunloquios les resultaría más fácil arreglarse sin sus servicios que soportar su humor irritable. Envenena la vida en su fuente. Es preferible que un sobrino bribón te arruine de golpe a que un tío malhumorado te atormente cada día.

¿Y, por Dios, para qué tanto desvelo? ¿Por qué razón amargan sus vidas y las de los demás? Que un hombre publique tres o treinta artículos al año, que termine o no su gran pintura alegórica, son cosas de poco interés para el mundo. Las filas de la vida están repletas y, aunque caigan mil, siempre habrá otros que acudan a la brecha. Cuando dijeron a Juana de Arco que debía quedarse en casa dedicándose a tareas propias de mujeres, ella repuso que ya había muchas para hilar y lavar. ¡Y lo mismo ocurre, incluso con nuestras dotes más extraordinarias! Cuando la naturaleza es «tan descuidada con la vida individual», ¿por qué habríamos de halagarnos con la fantasía de que la nuestra es de excepcional importancia? Supongamos que Shakespeare hubiera recibido un golpe en la cabeza en una noche oscura en el coto de sir Thomas Lucy: el mundo habría continuado mejor o peor, el cántaro habría seguido yendo a la fuente, la guadaña al grano y el estudiante a sus libros; y nadie se habría percatado de la pérdida. Bien mirado, no existen muchas obras que tengan el valor de una libra de tabaco para un hombre de escasos recursos. Esta reflexión nos debería curar de nuestras mayores vanidades terrenas. En realidad, ni siquiera el estanquero encontraría en esa frase razón para enorgullecerse personalmente, pues aunque el tabaco es un sedante admirable, las cualidades necesarias para venderlo no son ni raras ni preciosas en sí mismas. Podemos tomarlo como queramos, pero ¡ay!, no son indispensables los servicios de nadie. ¡Atlas no era más que un caballero que no podía salir de su pesadilla! Sin embargo, vemos a comerciantes que se afanan hasta labrarse una gran fortuna y luego acaban en el tribunal de quiebras; a escritores de poca monta que siguen pergeñando sus articulillos hasta que su humor es una cruz para todos los que se topan con ellos, como si el faraón hubiera puesto a los israelitas a hacer un alfiler en vez de una pirámide; y a buenos muchachos que trabajan hasta perder la salud y al final se los lleva un coche fúnebre adornado con plumas blancas. ¿No cabría pensar que el Maestro de Ceremonias les habría susurrado a todos ellos la promesa de un destino trascendental? ¿Y que esta indiferente bola sobre la que representan sus farsas sería el blanco y centro de todo el universo? Sin embargo, no es así. Los fines por los que entregan su preciosa juventud pueden ser quiméricos o perniciosos; la gloria y las riquezas que esperan pueden no llegar nunca o presentarse cuando les resultan indiferentes; y ellos mismos y el mundo que habitan son tan insignificantes que la mente se hiela al pensarlo.

Carta a un joven caballero que se propone seguir la carrera del arte

Con la agradable franqueza de la juventud, me consulta usted sobre una cuestión de importancia práctica personal y (es incluso concebible) de cierta trascendencia para el mundo: ¿debe o no debe hacerse artista? Es ésta una decisión que debe usted tomar por sí mismo; todo lo que yo puedo hacer es llamar su atención sobre algunos factores que debería tener en cuenta. Empezaré, y probablemente terminaré, asegurándole que todo depende de la vocación.

Saber qué es lo que a uno le gusta es el comienzo de la sabiduría y de la madurez. La juventud es completamente experimental. La esencia y el encanto de esa época inquieta y deliciosa es la ignorancia sobre uno mismo y sobre la vida. Una y otra vez el joven reúne estos dos desconocimientos, bien con un toque sutil, bien en un amargo abrazo, con un placer exquisito o con un dolor lacerante, pero nunca con indiferencia, que le resulta del todo ajena, y nunca con complacencia, ese sentimiento tan próximo a la indiferencia. Ya sea un joven de sentidos delicados o vehemente en sus ideas, esta serie de experimentos suscita en él un interés desproporcionado respecto al placer que obtiene con ellos. No es la belleza lo que ama, ni el placer lo que persigue, aunque así lo crea; su intención y su recompensa es verificar su propia existencia y probar la variedad del destino humano. Para él, antes de que su afilada curiosidad se embote, todo lo que no es la vida real y una vehemente persecución de experiencias presenta un rostro de desagradable aridez que más adelante le resultará difícil recordar; o, si hay alguna excepción —y aquí es donde interviene el destino—, es en aquellos momentos en los que, cansado o hastiado de la actividad predominante de los sentidos, evoca en la memoria la imagen de pasados placeres y dolores. De esta forma, el joven rechaza todas las profesiones rutinarias y se inclina insensiblemente hacia una carrera del arte que únicamente consiste en saborear y registrar la experiencia.

Ésta, que no es tanto vocación artística como impaciencia con las demás ocupaciones honestas, con frecuencia se da aisladamente, y, por tanto, irá desapareciendo de forma gradual con el paso de los años. En ningún caso hay que tenerla en cuenta; no es una vocación sino una tentación; y cuando el otro día su padre desaprobó su ambición con tanta rotundidad y (creo yo) tanta razón, es probable que estuviera recordando algún trance parecido de su propia experiencia. Pues la tentación quizá sea tan común como infrecuente la vocación. Además, también tenemos las vocaciones imperfectas: personas cuyas mentes están ligadas no a un arte concreto sino al ars artium general que es la base común de todo trabajo creativo; ora cogen los pinceles, ora se entregan al estudio del contrapunto, y en algún momento compondrán un soneto, siempre con el mismo interés, muchas veces con un conocimiento genuino. Me resulta difícil hablar sobre este temperamento cuando se da aislado; pero aconsejaría a esa persona que se dedicara a las letras, pues en la literatura (que abarca un campo tan amplio) toda esta información puede resultarle de utilidad algún día, y si continúa como empezó, y al final se dedica a la crítica, habrá aprendido a utilizar las herramientas necesarias. Por último, llegamos a las vocaciones que son a la vez decisivas y precisas; a los hombres que nacen con el amor a los pigmentos, la pasión por el dibujo, el don de la música o el impulso de crear con las palabras, lo mismo que otros, quizá los mismos, nacen con la pasión de la caza, o del mar, o de los caballos o del torno de alfarero. Están predestinados; si un hombre ama la práctica de algún oficio, con independencia de cualquier consideración de éxito o de fama, es que los dioses le han llamado. Puede ocurrir que la suya también sea una vocación general, que tenga una inclinación por todas las artes, y yo creo que con frecuencia ése es el caso; pero la marca de su vocación reside en su laboriosa parcialidad hacia una de ellas, un deleite inagotable en sus éxitos técnicos y (quizá sobre todo) una cierta honestidad para tomar su modesta empresa con la misma seriedad que convendría a los intereses de un imperio y considerar la mejora más insignificante digna de ser llevada a cabo a costa de todo el tiempo y esfuerzo necesarios. El libro, la escultura, la sonata: es necesario acercarse a ellos con la buena fe ciega y el ánimo inquebrantable que muestran los niños en el juego. ¿Merece la pena? Cuando a algún artista se le haya ocurrido hacerse esa pregunta, la respuesta implícita habrá sido negativa. No se le ocurre al niño que juega a los piratas en el sofá del salón, ni al cazador que persigue su presa; y la ingenuidad de uno y el ardor del otro han de ir unidos en el corazón del artista.

Si usted reconoce en sí mismo un gusto tan decisivo, no hay lugar a dudas: siga su inclinación. Y observe (pues no es mi intención desanimarle en exceso) que, al principio, esa disposición no suele manifestarse de forma tan intensa o, al menos, tan constante. El hábito y la práctica agudizan las dotes; la necesidad de esforzarse se vuelve menos desagradable, e incluso llega a ser bien recibida, con el paso de los años; una pequeña afición (con tal de que sea auténtica) se convierte en una pasión absorbente. Por ahora basta si, tras un intervalo de tiempo razonable, puede mirar atrás y ve que el arte que ha elegido ha conseguido mantenerse aunque sólo sea un poco por encima de los incontables intereses de la juventud. Si la devoción ayuda, el tiempo hará el resto, y pronto todos sus pensamientos estarán absortos en su ocupación preferida.

Pero, puede que usted me recuerde, incluso con devoción, incluso aplicándose con una grata perseverancia, muchos miles de artistas pasan la vida completamente en vano, a juzgar por los resultados: miles de artistas y ninguna obra de arte. Es que la inmensa mayoría de la humanidad es incapaz de hacer nada razonablemente bien, y el arte no es una excepción. El artista inepto probablemente también habría sido un banquero incompetente. Y el artista, incluso si no distrae al público, se distrae a sí mismo; así que siempre habrá un hombre más feliz gracias a sus esfuerzos. Éste es el lado práctico del arte: su inexpugnable fortaleza para quien lo practica sinceramente. Los beneficios directos —la retribución del oficio— son pequeños, pero los indirectos —la retribución de la vida— son incalculablemente grandes. Ninguna otra ocupación ofrece a un hombre su sustento en unas condiciones tan gratas. El soldado y el explorador pueden experimentar momentos de entusiasmo más admirables, pero se alcanzan al precio de terribles penalidades y periodos de tedio indescriptibles. En la vida del artista no tiene por qué pasar ninguna hora sin algún placer. Tomemos al escritor, con cuya carrera estoy más familiarizado; es cierto que trabaja con un material rebelde y que el acto de escribir desgasta y agota tanto la vista como el humor; pero contémplele en su estudio cuando los temas se le agolpan en la mente y no le faltan palabras: cómo fluye el tiempo en una serie continua de pequeños éxitos; con qué sensación de poder, como si estuviera moviendo montañas, maneja sus pequeños personajes; con qué placer, del oído y de la vista, observa cómo va creciendo en la página su etérea estructura; y cómo dedica su esfuerzo a una actividad en la que desemboca todo el material de su vida y que abre una puerta a todos sus gustos, amores, odios y convicciones, de forma que lo que escribe no es más que lo que anhelaba expresar. Es posible que haya disfrutado muchas cosas en este gran campo de juego trágico que es el mundo, pero ¿qué le ha deparado una satisfacción más plena que una mañana de trabajo fructífero? Supongamos que la recompensa sea pequeña: lo asombroso es que reciba alguna recompensa. Otros hombres pagan, y mucho, por placeres menos deseables.

Pero la práctica del arte no sólo le proporcionará placer; también constituye una formación admirable. Pues el artista se guía enteramente por el honor. El público apenas sabe algo de esos méritos a cuya búsqueda está condenado a dirigir la mayor parte de sus esfuerzos. Los méritos en la concepción, el mérito de la originalidad, el mérito del éxito fácil que un hombre de temperamento artístico adquiere con facilidad: éstos son los méritos que el público reconoce y valora. Pero los detalles más exquisitos de excelencia y acabado que el artista desea tan ardientemente y siente con tanta intensidad, por los que (en las vigorosas palabras de Balzac) ha de luchar «como un minero enterrado bajo un derrumbe», por los que día tras día reformula y revisa y rechaza... permanecerán ignorados por el gran público. Suponiendo que alcance el mérito más alto, la posteridad quizá haga justicia a esas penalidades ignoradas; pero si, lo que es lo más probable, no llega a lo más alto aunque sea por muy poco, esté seguro de que permanecerán inadvertidas. Consciente de este sombrío pensamiento, solo en su estudio, el artista debe perseverar día a día en su ideal. Esto es lo que hace su vida noble; esto es por lo que la práctica de su oficio refuerza y madura su carácter; esto es por lo que incluso el grave semblante del gran emperador se volvió con aprobación (siquiera por un momento) hacia los seguidores de Apolo, y aquella voz amable y solemne exigió al artista que cuidara su arte.

Y aquí es necesario hacer dos advertencias. Primero, si quiere seguir siendo un modelo para sí mismo, ha de guardarse de los primeros signos de desidia. Este idealismo en la honestidad sólo puede mantenerse con un esfuerzo constante; es muy fácil rebajar el nivel de exigencia, y el artista que dice «así mismo puede valer» ya está abocado al declive; en ocasiones (sobre todo en ocasiones desafortunadas) bastan tres o cuatro obras pergeñadas con el fin único de ganar dinero para traicionar un talento, y con el ejercicio del periodismo corre el peligro de habituarse a la dejadez. Éste es el peligro por un lado, pero, por el otro, el peligro no es menor. La conciencia de hasta qué punto el artista es (y debe ser) su propia ley corrompe a las mentes menores. Cuando perciben méritos recónditos muy difíciles de obtener, formulan o imitan recetas artísticas, o quizá se enamoran de alguna destreza propia, muchos artistas olvidan el fin del arte: deleitar. Sin duda, resulta tentador clamar contra el burgués ignorante; sin embargo, no debería olvidarse que es él quien nos paga y que (aparentemente, al menos) lo hace por servicios que desea ver prestados. Bien mirado, aquí también se plantea una cuestión de honestidad trascendental. Dar al público lo que no quiere y, a pesar de todo, esperar su apoyo: ahí tenemos una extraña pretensión que no es infrecuente, sobre todo entre los pintores. El principal deber de un hombre en este mundo es mantenerse a sí mismo; si lo hace, puede entregarse a la excentricidad que prefiera, pero sólo entonces. Mientras llega ese momento, deberá cortejar con asiduidad al burgués que tiene el dinero. Y si en el transcurso de esas capitulaciones traiciona su talento, es que éste nunca ha debido de ser muy impresionante y habrá preservado algo mejor que el talento: la fuerza moral. Y si es un espíritu tan independiente que no puede rebajarse ante la necesidad, todavía le queda un camino: puede abandonar el arte y emprender un modo de vida más varonil.

Cuando hablo de un modo de vida más varonil, hay una cuestión sobre la que debo ser franco. Guiarse en la vida por un placer no es una vocación noble; implica un patronazgo, por velado que sea; coloca al artista, aunque sea ambicioso, junto a las chicas de baile y los marcadores de billar. Los franceses tienen la evasión romántica por un empleo y denominan a sus practicantes Hijas de la Alegría. El artista pertenece a la misma familia, es uno de los Hijos de la Alegría, escogió su oficio para hacer su gusto, se gana el sustento agradando a otros y ha perdido algo de la grave dignidad de un hombre. No hace mucho tiempo algunos periódicos clamaron contra la concesión del título de barón a Tennyson, y a este Hijo de la Alegría se le acusó de arrogancia por seguir el ejemplo de lord Lawrence, lord Cairns y lord Clyde. El poeta estuvo más inspirado; aceptó el honor con mayor modestia, y (si he de creerlos) los periodistas anónimos todavía no han sido resarcidos por ese ultraje vicario a su profesión. Cuando les llegue su turno, estos caballeros podrán hacerse más justicia; y me alegrará pensar en ello, pues, a mi ignorante juicio, incluso lord Tennyson parece un tanto fuera de lugar en ese grupo. No debería haber distinciones para el artista; con la práctica de su arte ya recibe más de la parte que le corresponde de las recompensas de la vida; las distinciones están reservadas para otros oficios, menos agradables y quizá más útiles.

Pero lo peor que puede ocurrir en estas ocupaciones destinadas a deleitar es no conseguirlo. En los oficios corrientes un hombre ofrece hacer una cosa determinada o producir cierto artículo con un talento que no pasa de ser convencional: un designio en el que (casi podemos decir) es difícil fracasar. Sin embargo, el artista se aparta de la muchedumbre y se propone deleitar: un designio impúdico en el que el fracaso siempre va acompañado de circunstancias desagradables en grado sumo. La pobre Hija de la Alegría, cuyas sonrisas y galas pasan inadvertidas para la muchedumbre, compone una estampa que es imposible recordar sin una compasión ofensiva. Es el prototipo del artista fracasado. El actor, el bailarín y el cantante deben aparecer como ella en persona y apurar públicamente la copa del fracaso. Pero aunque los demás escapemos a esta suprema vergüenza de la picota pública, sufrimos en esencia la misma humillación. Todos afirmamos que somos capaces de deleitar. ¡Pero qué pocos lo conseguimos! Todos nos proponemos ser capaces de seguir haciéndolo. Sin embargo, a cada uno, incluso al más admirado, le llega el día en que, con el entusiasmo apagado y la astucia perdida, se sienta avergonzado junto a su barraca desierta. Entonces se verá condenado a hacer trabajos y avergonzarse por cobrarlos. Entonces (por si su destino no fuera ya cruel) padecerá las mofas de los saqueadores de naufragios que hay en la prensa, que se ganan su magro pan amargo condenando la basura que no han leído y elogiando la excelencia que son incapaces de entender.

Y observe que éste parece ser casi el fin ineludible al menos de los escritores. El mérito de Les Blancs et les Bleus (por ejemplo) y el de Le Vicomte de Bragelonne son de orden muy distinto, y si hay algún caballero que puede soportar observar la desnudez de Castle Dangerous, creo que su nombre es Ham: al resto de nosotros bástenos con leer sobre ello (no sin lágrimas) en las páginas de Lockhart. De este modo, en la vejez, cuando más necesarios son una ocupación y el bienestar, el escritor debe abandonar simultáneamente su pasatiempo y su medio de vida. El pintor, si ha logrado conservar la atención del público, gana grandes sumas y puede ponerse ante su caballete hasta una edad muy avanzada sin deshonrosos fracasos. El escritor, por el contrario, tiene la doble desgracia de estar mal pagado mientras trabaja y de no poder trabajar cuando es viejo. Es así una forma de vida que conduce directamente a una posición falsa.

Pues el escritor (a pesar de notorios ejemplos en sentido contrario) debe contar con que estará mal pagado. Tennyson y Montépin se ganan la vida con bastante holgura; pero no todos podemos esperar ser Tennyson y quizá no todos deseemos ser Montépin. Si toma un arte por oficio, expurgue de su mente desde el principio toda ambición económica. Si tiene algo de talento y mucha aplicación, puede esperar razonablemente unos ingresos como los que obtiene un escribiente con una décima o quizá una vigésima parte de su tensión nerviosa. Tampoco tiene derecho a pedir más; su recompensa es la retribución de la vida, no la del oficio; en este caso, la obra es el salario. Se verá que no me inspiran mucha simpatía las vulgares lamentaciones de los artistas. Quizá no recuerdan el salario del jornalero agrícola, ¿o acaso piensan que su caso es único? Quizá desconocen cuál es la pensión de retiro de un oficial de campo, ¿o es que suponen que sus aportaciones a las artes de agradar son más importantes que los servicios de un coronel? Quizá olvidan qué poco le bastaba a Millet para vivir, ¿o acaso creen que tener menos genio les exime de mostrar las mismas virtudes? Pero en un punto no debería haber dudas: si un hombre no es frugal, no tiene nada que hacer en las artes. Si no es frugal, está abocado sin remisión a la trágica escena final de le vieux saltimbanque; si no es frugal, le resultará difícil conservar su honestidad. Algún día, cuando el carnicero llame a su puerta, puede que sienta la tentación, o incluso la obligación, de producir y vender una obra desmañada. Si esta obligación no obedece a algún exceso suyo, aun será digno de elogio, pues no se puede expresar con palabras hasta qué punto es mucho más necesario para un hombre mantener a su familia que alcanzar —o conservar—

la distinción artística. Pero si él fuera el culpable de esa presión, entonces ha robado, ha robado con abuso de confianza, y (lo que es más grave) ha robado de tal manera que la ley no puede alcanzarle.

Y ahora usted quizá me pregunte: si el artista que empieza no debe pensar en el dinero ni (como se ha dado a entender) esperar distinciones del Estado, ¿no puede al menos ilusionarse con las delicias de la popularidad? El elogio, me dirá usted, es un plato sabroso. Y en la medida en que se refiera a la aprobación de otros artistas, estaría señalando uno de los placeres más esenciales y duraderos de la carrera del arte. Pero si lo que tiene en mente son las alabanzas del público o la atención de la prensa, esté seguro de acariciar un sueño. Es cierto que en algunas revistas esotéricas el autor (por ejemplo) recibe críticas ajustadas y que con frecuencia se le elogia más de lo que merece, a veces a causa de cualidades que él tenía a gala evitar, y a veces por damas y caballeros que se han negado el privilegio de leer su obra. Pero si un hombre es sensible a esta clase de elogio disparatado, hemos de suponer que será igualmente perceptivo a aquello que con frecuencia las acompaña y siempre las sigue: el ridículo más absoluto. Un hombre al que le ha ido bien durante años puede fracasar; le harán notar su fracaso. O quizá le ha ido bien durante años y sigue haciéndolo bien, pero puede que los críticos se hayan cansado de elogiarlo o que haya surgido algún nuevo ídolo del momento —«polvo, aunque sea poco dorado»— al que ahora prefieran presentar sus ofrendas. Éste es el anverso y el reverso de esa cosa fea y vacía llamada popularidad. ¿Pensará algún hombre que merece la pena conseguirla?

Del enamorarse

«¡Señor, qué necios son estos mortales!»

William Shakespeare, El sueño de una noche de verano

Sólo hay un acontecimiento en la vida del hombre que realmente le asombra hasta el extremo echar por tierra sus opiniones preconcebidas. Todo lo demás transcurre en buena medida como esperaba. Los acontecimientos se van sucediendo con una agradable variedad, pero con poco que sea sorprendente o intenso; no constituyen más que una especie de telón de fondo o acompañamiento constante para las reflexiones del individuo, que cae así naturalmente en un hábito de pensamiento frío, curioso y risueño, y se forma en una concepción de la vida según la cual el mañana seguirá la pauta de hoy y de ayer. Puede estar acostumbrado a las extravagancias de sus amigos y conocidos bajo la influencia del amor. A veces puede desearlo para sí mismo con una ansiedad incomprensible. Pero es éste un asunto en el que ni la intuición ni el comportamiento de los demás acercan al filósofo a la verdad. Sobre esta cuestión del amor probablemente no hay nada bien pensado o bien escrito que no sea fruto de la experiencia personal. Recuerdo una anécdota de un conocido teórico francés que debatía acaloradamente en su cénacle. Se le objetó que él nunca había experimentado el amor. Entonces se levantó y se marchó dispuesto a no regresar mientras no le pareciese que la carencia había sido subsanada. «Ahora ya estoy en condiciones de continuar la discusión», dijo al volver. Es posible que, después de todo, no hubiera penetrado muy profundamente en el asunto, pero la historia indica una manera acertada de pensar y puede servir de apólogo para los lectores de este ensayo.

Cuando por fin cae el velo ante sus ojos, no es sin algo de espanto como el hombre se encuentra en condiciones tan cambiadas. Ha de vérselas con emociones imperiosas en vez de con las fáciles preferencias y antipatías entre las que ha pasado la vida hasta entonces, y percibe capacidades para el dolor y el placer cuya existencia ni siquiera había sospechado. Enamorarse es la única aventura ilógica, la única cosa que nos sentimos tentados de considerar sobrenatural en nuestro trivial y razonable mundo. El efecto no guarda proporción alguna respecto a la causa. Dos personas, ninguna de las cuales quizá sea muy amable o muy hermosa, se conocen, hablan un poco y se miran a los ojos. Eso mismo ya les ha ocurrido una docena de veces sin grandes consecuencias. Pero en esta ocasión todo es distinto. De inmediato caen en ese estado en el que otra persona se convierte para nosotros en la esencia misma y el centro de la creación divina, y desbarata todas nuestras laboriosas teorías con una sonrisa; en el que nuestras ideas están tan ligadas a ese único pensamiento dominante que incluso los más triviales cuidados de nuestra persona se convierten en actos de devoción, y el propio amor a la vida se traduce en el deseo de permanecer en el mismo mundo que una criatura tan preciosa y deseable. Mientras tanto, sus conocidos les observan estupefactos y se preguntan unos a otros, casi apasionadamente: qué puede ver fulano en esa mujer o ella en ese hombre. Yo, señores míos, no soy capaz de responder. Por mi parte, no logro entender qué piensan las mujeres. Sería muy distinto si el Apolo Belvedere cobrara vida súbitamente y bajara de su pedestal con ese aire divino suyo. Pero entre esas criaturas bastardas que se autodenominan hombres y parlotean de forma intolerable en las sobremesas, nunca he visto ninguno que me pareciera digno de inspirar amor… no, ni he leído sobre ninguno que me lo pareciera, excepto Leonardo da Vinci y quizá Goethe en su juventud. Respecto a las mujeres mi opinión es un tanto distinta, pero es que tengo la desgracia de ser hombre.

Hay muchos asuntos en los que es posible acechar al Destino y requerir algo de él. Trabajo duro, pensamientos elevados, emociones excitantes y muchas otras cosas que forman parte del bagaje espiritual de esta o aquella persona están al alcance de casi todo aquel que sea paciente y capaz de arriesgarse un poco. Pero enamorarse no les es dado a todos. Es conocido el aprieto en que la reina Isabel puso a Shakespeare cuando le pidió que mostrara a Falstaff enamorado. No creo que Henry Fielding se enamorara nunca. Scott, si no fuera por uno o dos pasajes en Rob Roy, me causaría la misma impresión. Sin embargo, son éstos grandes nombres y (lo que viene más al caso) naturalezas fuertes, sanas, sensibles y generosas, de las que cabría haber esperado lo contrario. En cuanto al nutrido ejército de personas anémicas y atildadas que ocupan la faz de este planeta con tanta corrección, es completamente absurdo imaginarlas en una situación como una relación amorosa. Un paño húmedo pasa sin quemarse junto al fuego, y no podemos esperar que a un hombre ciego le impresione un paisaje romántico. Además, muchas personas dignas de ser amadas no llegan a encontrarse en el mundo, o se encuentran bajo el signo de una estrella desfavorable. Hay que superar el tierno y decisivo momento de la declaración. Por timidez o por falta de oportunidad, más de la mitad de las relaciones amorosas en ciernes nunca llegan a él y al menos otro cuarto lo dejan entonces. Es cierto que una persona hábil sabe preparar el camino y declararse en el momento oportuno. En cambio, hay una clase de hombre, sólido y constante, que va de desaire en desaire y que si tiene que declararse cuarenta veces seguirá haciéndolo imperturbable, para asombro de hombres y ángeles, hasta recibir una respuesta favorable. Me atrevo a decir que, de ser uno mujer, le gustaría casarse con un hombre capaz de hacer algo así, pero no tanto con uno que lo hubiera hecho realmente. Es un poco humillante y, de alguna manera, un poco indecoroso; y no se puede decir que los matrimonios en los que el consentimiento de una de las partes se ha obtenido a fuerza de insistir constituyan temas agradables de reflexión. El amor debería correr al encuentro del amor con los brazos abiertos. En efecto, la historia ideal es la de dos personas que van penetrando en el amor paso a paso, azoradas, como un par de niños que se aventuran juntos en una habitación oscura. Desde el primer momento en que se ven, con una punzada de curiosidad, y en las sucesivas etapas de un placer y una turbación crecientes, cada uno reconocerá en los ojos del otro la expresión de su propia emoción. No hay aquí una declaración propiamente dicha; es tan evidente que comparten los mismos sentimientos que en cuanto el hombre sabe lo que sucede en su corazón, está seguro de lo que sucede en el de la mujer.

El simple accidente de enamorarse es tan beneficioso como asombroso. Detiene la influencia petrificadora de los años, censura las conclusiones frías y cínicas y despierta sensibilidades dormidas. Hasta ese momento al hombre le ha parecido una buena política negar la existencia de cualquier goce que estuviera fuera de su alcance; de este modo había vuelto la espalda a las partes más risueñas de la naturaleza y se había acostumbrado a dirigir su atención exclusivamente a lo que era vulgar y aburrido. Aceptó un ideal prosaico, permitió que se le embotaran muchos intereses por falta de dedicación, y si era joven e ingenioso, o hermoso, renunció voluntariamente a esas ventajas. Se unió al séquito de lo que, en la antigua mitología del amor, tenía el bonito nombre de nonchaloir; y con una extraña mezcla de sentimientos —una pincelada de autoestima, una preferencia por la libertad egoísta y una buena porción de ese temor con el que las personas honestas consideran los intereses serios— escogió ciertas actividades a las que dedicarse y se mantuvo apartado del verdadero fluir de la vida. Y ahora, súbitamente, es desmontado del caballo, como san Pablo, de su farisaico artificio. Su corazón, que había latido uniformemente durante el último año, se le desboca y empieza a palpitar fuerte e irregularmente en su pecho. Le parece como si antes nunca hubiera oído o sentido o visto; y, por lo que recuerda, hasta ese momento debe de haber vivido entre el sueño y la vigilia o como absorto en una ensoñación. Casi le incomoda la generosidad de sus sentimientos, sonríe con frecuencia cuando está a solas y se suele quedar ensimismado contemplando la luna y las estrellas. Pero no corresponde a un ensayista dar cuenta de este hiperbólico estado de ánimo; además, ya se ha hecho y de manera admirable. Adelaide, Maud de Tennyson y algunas de las canciones de Heine expresan cabalmente este espíritu enardecido. Romeo y Julieta estaban muy enamorados, aunque, según me dicen, hay críticos alemanes que sostienen una opinión distinta, probablemente los mismos que nos querrían convencer de que Mercutio era un individuo aburrido. El pobre Marco Antonio estaba enamorado, de eso no hay duda. Marius, ese quimérico personaje de Los miserables, también es un caso auténtico a su manera y digno de observación. Numerosos personajes de George Sand están perdidamente enamorados, lo mismo que muchos otros de George Meredith. En suma, hay mucho que leer sobre el tema. Si alberga en sí mismo la raíz del problema y tiene las fibras necesarias para hacerlas vibrar, con la llave del arte un joven puede entrar alguna vez en esa tierra de Beulah que se encuentra a orillas del Paraíso y a la vista de la Ciudad del Amor. Permitámosle que permanezca allí un tiempo para acariciar deliciosas esperanzas y arriesgadas ilusiones.

Hay una cosa que acompaña la pasión en su primer rubor y que ciertamente es difícil de explicar. Resulta que (aunque no me explico cómo) al sentir un placer supremo en todas las actividades de la vida —en echarse a dormir, en despertarse, en moverse, en respirar, en seguir existiendo—, el enamorado empieza a considerar esta felicidad igual de beneficiosa para el resto del mundo y muy meritoria por su parte. Nuestra raza no ha podido conformarse nunca con la idea de que el ruido de sus guerras, libradas por un puñado de jóvenes caballeros en un rincón de un insignificante planeta, no encuentre un eco formidable en los recintos del Paraíso. De forma muy parecida, cuando las personas experimentan una gran agitación en su pecho, imaginan que ésta debe influir de alguna forma en lo que les rodea. La presencia de cada uno de los enamorados tiene tanto encanto para el otro que les parece que también debería ser lo más valioso para los demás. Casi llegan a imaginar que es por ellos y por su amor por lo que el cielo es azul y el sol brilla. Y es cierto que el tiempo suele ser bueno cuando las personas se cortejan... En realidad, aunque el hombre feliz se siente bien predispuesto hacia los demás miembros de su sexo, tiende a darse un aire demasiado pomposo. Si la gente se vuelve presuntuosa y vanidosa por cosas como un ducado o la Santa Sede, difícilmente podrá evitar algo de pavoneo en la exaltación más vertiginosa que se puede experimentar en la vida, y la exaltación más vertiginosa es amar y ser amado. Por lo tanto, los amantes correspondidos muestran cierta prepotencia en su trato con otros hombres. Un inmoderado sentido de la pasión y la importancia de la vida no suele conducir a la sencillez en las maneras. Con las mujeres se sienten muy nobles, muy puros y muy generosos, como si ellas fueran otras tantas Juanas de Arco, pero esto no se refleja en su comportamiento y las tratan con aires grandisonianos no exentos de fatuidad. No puedo asegurar que a las mujeres no les guste esto, pero, en realidad, después de haber leído con perplejidad Daniel Deronda, he renunciado a entender qué le gusta.

Aunque no fuera para otra cosa, esta sublime y ridícula superstición —que el placer de la pareja también es de alguna forma una bendición para los demás, y que su felicidad hace a todo el mundo más feliz— podría servir al menos para que el amor fuera generoso y magnánimo. Después de todo, tampoco es completamente infundada esta superstición. Ejercen una gran influencia sobre otras parejas, así que hallan el equilibrio más delicado entre la piedad y la aprobación cuando ven a otras personas queriendo imitar la grandeza de sus sentimientos. Es algo sabido que, en el teatro, mientras los jóvenes refinados galantean en el balcón, entre el lacayo y la doncella se inicia un burdo flirteo y surge entre ellos un amor superficial y trivial. Como las personas se imaginan destinadas a los papeles principales, el lector puede establecer el paralelismo con la vida real sin mucho riesgo de equivocarse. En suma, están seguros de que ese otro enamoramiento no es tan profundo como el suyo, pero desean sinceramente que prospere. Y el amor, considerado como espectáculo, ha de ser atractivo para muchos que no pertenecen a la cofradía. La solterona sentimental es un lugar común de los novelistas, y desde luego hay que ser mezquino para considerar esta bonita locura sin indulgencia y simpatía. Pues la propia naturaleza se nos presenta de la forma más sugerente; hasta la persona más ocupada se detiene alguna vez para contemplar una hermosa puesta de sol; y por muy pacíficos o impasibles que seamos no podremos evitar sentir alguna emoción cuando leemos sobre encarnizadas batallas o nos cruzamos con una pareja de amantes en el camino.

En efecto, como quiera que sea respecto al mundo en general, esta idea de lo beneficioso de la dicha es cierta respecto a los enamorados. Su noble intención es hacer el bien y la comunión con su pareja. La felicidad del otro es lo que constituye su mayor gratificación. No es posible desentrañar las distintas emociones, el orgullo, la humildad, la piedad y la pasión, que suscita una mirada de amor feliz o una caricia inesperada. Embellecerse, arreglarse el cabello, sobresalir en la conversación, hacer todas y cada una de las cosas que resaltan el carácter y sus atributos y les hacen aparecer más impresionantes ante los demás no tiene como fin únicamente el lucimiento propio sino también ofrecer el más delicado homenaje. Y es con esta última intención como lo hacen los enamorados, pues la esencia del amor es la bondad; de hecho, se podría definir mejor como bondad apasionada: una bondad que, por así decirlo, ha enloquecido y se ha vuelto inoportuna y violenta. La vanidad en un sentido meramente personal ya no existe. El amante siente un peligroso placer en exponer en privado sus puntos débiles y ver cómo uno tras otro son aceptados o perdonados. Quiere estar seguro de que no se le ama por una determinada buena cualidad, sino por sí mismo, o por lo más parecido a sí mismo que consigue proyectar. Pues aunque haya sido muy difícil pintar las bodas de Caná o escribir el cuarto acto de Antonio y Cleopatra, cualquier persona que intente explicar su propio carácter a los demás se enfrenta a una obra de arte aún más difícil. Las palabras y acciones se pueden disociar fácilmente de su verdadero significado, y constituyen todo el lenguaje de que disponemos. Por regla general lo utilizamos de forma lamentable. Para bien o para mal, la gente confunde nuestra intención y valora erróneamente nuestras emociones. En general, nos damos por satisfechos con nuestros fracasos; nos importa cuando somos malinterpretados en necios flirteos; pero una vez que un hombre está poseído por la emoción del amor, pone todo su empeño en despejar cualquier incertidumbre. No puede permitir que la Mejor de su Sexo se engañe en un asunto de tanta importancia y su orgullo se rebela ante la posibilidad de ser amado en un equívoco.

Descubre una gran renuencia a recordar periodos anteriores de su vida. Todo lo que no ha compartido con ella, derechos y deberes, venturas e inclinaciones pasadas; sólo puede mirar atrás esforzándose con dificultad y repugnancia. Haber desperdiciado unos años en la ignorancia de lo único que realmente era importante, haber pensado en otras mujeres con alguna muestra de agrado, es una carga casi demasiado pesada para su amor propio. Pero es la idea de otro pasado lo que irrita su espíritu como una herida envenenada. Que él mismo pudiera gozar de la vida en aquellos días insulsos y miserables que precedieron a cierto encuentro ya es, en buena conciencia, suficientemente deplorable. Pero que Ella se permitiera la misma libertad parece incompatible con la Divina Providencia.

Mucha gente censura los celos por considerarlos un sentimiento artificial, además de inoportunos en la práctica. Esto no es del todo justo, pues no hacen más que acompañar, como un cortesano malhumorado, a otro sentimiento que es también artificial exactamente en el mismo sentido y en el mismo grado. Supongo que lo que se quiere decir con esa objeción es que los celos no siempre han sido característicos del hombre ni formado parte de ese modesto bagaje de sentimientos con los que se supone que empezó el mundo, sino que esperó para hacer su aparición en mejores tiempos y entre naturalezas más ricas. Pero esto es igualmente cierto del amor, y de la amistad, y del patriotismo, y del deleite en lo que llaman los encantos de la naturaleza y de la mayoría de las cosas que merecen la pena. El amor, en concreto, no soporta un escrutinio histórico: para todos los que se han cruzado con él es uno de los hechos más incontestables del mundo; pero en cuanto preguntamos cómo era en otros países y épocas, en Grecia, por ejemplo, empiezan a surgir las dudas más extrañas y todo parece tan vago y cambiante que incluso un sueño es lógico en comparación. De cualquier modo, los celos son una de las consecuencias del amor; nos agraden o no, ahí están.

Con todo, no es exactamente celos lo que sentimos cuando pensamos sobre el pasado de los que amamos. Descubrir un paquete de cartas después de años de feliz unión no crea una sensación de inseguridad en el presente y, sin embargo, causa un vivo dolor a un hombre. Los enamorados no abrigan dudas groseras sobre el otro, pero esta preexistencia de ambos se presenta a la mente como algo indelicado. Para que no hubiera ningún resquemor, deberían haber tenido nacimientos gemelos al mismo tiempo que el sentimiento que les une. Entonces sí que todo sería simple y perfecto, sin reservas ni reticencias. Entonces sí que se comprenderían de una forma absoluta que es imposible en otro caso. No habría entre ellos una barrera de asociaciones que no pueden ser compartidas. Nada les induciría a ninguna de esas comparaciones que agolpan la sangre en el corazón. Y sabrían que no hubo tiempo perdido y que habían estado juntos todo lo posible. Pues aparte del terror por la separación que llegará ineludiblemente en algún momento futuro, los hombres sienten rabia, y algo parecido al remordimiento, cuando piensan en esa otra separación que se prolongó hasta que se conocieron. Alguien ha escrito que el amor hace a las personas creer en la inmortalidad, porque la vida no parece dar cabida a tanta ternura, y es inconcebible que a la más poderosa de nuestras emociones no podamos dedicarle más que los momentos escatimados de unos años. En efecto, resulta extraño, pero si recordamos algunas analogías, no nos parecerá imposible.

«El arquero ciego» que nos sonríe desde el fondo de las terrazas en los viejos jardines holandeses lanza riendo sus saetas a una generación efímera. Pero por rápido que dispare, sus presas se desvanecen y desaparecen en la eternidad mientras sus flechas caen; éste ha partido antes de que una le acierte; aquél apenas tuvo tiempo para hacer un gesto y lanzar un grito apasionado; todo ocurre en un instante. Cuando esa generación ha pasado, cuando el drama ha terminado, cuando el panorama de treinta años ha sido retirado, hecho jirones, del escenario del mundo, podemos preguntar qué ha sido de aquellos grandes, poderosos, inmortales, amores, y de los amantes que despreciaban la condición mortal con una hermosa credulidad; y no pueden mostrarnos más que unas pocas canciones anticuadas, unos pocos hechos dignos de ser recordados y unos pocos niños que conservan alguna feliz impronta de la disposición de sus padres.

La huraña vejez y la juventud

«Sabes, a veces mi madre argumenta con mucho atino; siempre, al menos, con mucha pasión. Ocurre con frecuencia que no estoy de acuerdo con ella y las dos tenemos tan buen concepto de nuestros argumentos que rara vez acertamos a convencer a la otra. Me parece que es un caso muy frecuente en las discusiones vehementes. Ella dice: soy muy ingeniosa; lo que significa muy atrevida; yo, que ella es muy prudente; es decir, que ya no es tan joven como antes».

Miss Howe a Miss Harlowe

Clarissa, vol. II, carta XIII

Los proverbios cobardes y prudentes cuentan con el favor general de la gente. Se supone que los sentimientos de un hombre lleno de ardor y esperanza deben ser recibidos con alguna reserva. Pero cuando esa misma persona ha fracasado ignominiosamente y empieza a comerse sus palabras, hay que escucharla como a un oráculo. Buena parte de nuestra sabiduría cotidiana está concebida para personas mediocres, con objeto de disuadirlas de emprender proyectos ambiciosos y, en general, consolarlas por su mediocridad. Y como los mediocres constituyen la mayoría de la humanidad, no cabe duda de que esto es acertado. Pero eso no significa que una clase de proposición sea menos cierta que la otra, o que Ícaro no deba ser más alabado, y quizá más envidiado, que el señor Samuel Budgett, el Próspero Comerciante. El primero está muerto, desde luego, mientras que el otro todavía está en su oficina contando dinero, y ciertamente esto debe tomarse en cuenta. Pero, por otra parte, tenemos algunos proverbios atrevidos y magnánimos, comunes a razas y naturalezas elevadas, que resaltan las ventajas del lado perdedor y proclaman que es mejor ser un león muerto que un perro vivo. Resulta difícil imaginar cómo pueden reconciliar los mediocres estos proverbios con los suyos. Según estos últimos, cada muchacho que decide embarcarse es un completo idiota; no haber olvidado nunca el paraguas en una larga vida parece una proeza más elevada y sabia que ir sonriendo a la hoguera, y si eres un tanto cobarde e inflexible en cuestiones de dinero, estarás cumpliendo a la perfección los deberes de un hombre.

Una consideración aún más difícil de entender para nuestros mediocres es que mientras que todos sus maestros, desde Salomón hasta Benjamin Franklin y el impío Binney, han inculcado los mismos ideales de buenas maneras, cautela y respetabilidad, los personajes que en la historia han repudiado más notoriamente tales preceptos reciben los mayores elogios y se les honra con monumentos en las calles de nuestros centros comerciales. Esto es muy desconcertante para el sentido moral. Ahí tenemos a Juana de Arco, que dejó una vida humilde pero honesta y respetable bajo la mirada de sus padres para combatir junto a soldados pendencieros contra los enemigos de Francia. ¡Buen ejemplo para nuestras hijas! Y ahí tenemos a Colón, que muy bien puede haber descubierto América, pero que, en último término, era un navegante extremadamente imprudente. Su vida no es de la clase que nos gustaría poner en manos de los jóvenes; más bien, haríamos todo lo posible para mantenerla fuera de su conocimiento, como una aventura temeraria y una influencia desintegradora en la vida. Me faltaría tiempo si tuviera que recordar todos los grandes nombres de la historia cuyas hazañas son perfectamente irracionales e incluso ofensivas para la mentalidad calculadora. La incongruencia es clamorosa, y me imagino que entre los mediocres debe de suscitar una actitud muy peculiar hacia los aspectos más nobles y ostentosos de la vida nacional. Leerán sobre la carga de la Brigada Ligera en la batalla de Balaclava con el mismo espíritu con el que asisten a una representación del Lyons Mail. Las personas de sustancia leen el Times y en el teatro se sientan con compostura en platea o en palco según su grado de prosperidad en los negocios. En cuanto a los generales que van galopando entre explosiones tocados con sus absurdos tricornios —y en cuanto a los actores que se pintan la cara de rojo y se degradan por un sueldo en el escenario—, deben de pertenecer, gracias a Dios, a un orden diferente de seres, a los que vemos como contemplamos las nubes desplazarse velozmente llevadas por el viento en el vacío infinito o sobre los que leemos como si fueran personajes de antiguos y fabulosos anales. Esperemos que a nuestros hijos no se les ocurra imitar su comportamiento, como tampoco quitarse la ropa y pintarse de azul a consecuencia de lo que hayan podido leer en el capítulo primero de su libro de historia de Inglaterra.

Por más desacreditados que están en la práctica, los proverbios cobardes se mantienen firmes en la teoría, y otro caso en el mismo espíritu es que las opiniones de los ancianos sobre la vida deban ser aceptadas como inapelables. Se pueden plantear todo tipo de reservas respecto a las ilusiones de la juventud, pero ninguna, o casi ninguna, hacia los desengaños de la vejez. Cuando un anciano menea la cabeza y dice: «Ah, yo también pensaba así cuando tenía tu edad», se tiene por una réplica oportuna con la que la cuestión queda zanjada lógicamente. Por contra, si el joven dice entonces: «Venerable señor, probablemente yo también pensaré así cuando tenga su edad», no se considera una respuesta adecuada. Sin embargo, la una es tan buena como la otra: ocurrencia por ocurrencia, toma y daca, golpe por golpe.

«En los hombres buenos la opinión no es otra cosa que conocimiento en formación», dice Milton. Propiamente hablando, todas las opiniones son etapas en el camino a la verdad. Eso no significa que un hombre haya de ir más lejos, sino que si realmente ha considerado el mundo y extraído una conclusión, ha llegado hasta ahí. Lo cual no es aplicable a las fórmulas aprendidas de memoria, que son etapas en un camino que no conduce más que a una segunda niñez y a la tumba. Tener siempre presta una frase hecha no es lo mismo que sostener una opinión y, menos aún, que haberla elaborado uno mismo. En el mundo hay demasiadas de esas frases hechas y la gente te las espeta como un juramento en lugar de emplear argumentos. Son moneda de cambio intelectual y muchas personas respetables sólo pagan con ella. Parece como si representaran unos imprecisos cuerpos teóricos que estarían en su origen. Se supone que incorporan la presunta virtud de folios llenos de argumentos irrebatibles, lo mismo que en la porra del agente de policía reside algo de la majestad del Imperio Británico. Se utilizan por pura superstición, lo mismo que ciertos viejos patanes destrozan el latín empleándolo a modo de exorcismo. Sin embargo, resultan extremadamente útiles para cortar discusiones ociosas y cerrar la boca a niños y bebés. Y cuando un joven alcanza un determinado grado de desarrollo intelectual, el examen de esas monedas de cambio constituye un ejercicio que entretiene y robustece la mente.

El hecho de haber llegado a París no significa que tenga que avergonzarme de haber pasado por Newhaven y Dieppe. Eran lugares muy buenos para pasar por ellos y en cualquier caso ya he llegado a mi destino. Todas mis opiniones pasadas sólo eran etapas en el camino hacia la que sostengo ahora, que a su vez no es más que una etapa en el camino hacia otra cosa. Haber sido un entusiasta socialista con mi propia panacea no me avergüenza más que haber sido un lactante. Es indudable que el mundo tiene razón en millones de cosas, pero nos tiene que vapulear un poco para convencernos de ello. Y mientras tanto, tenemos que hacer algo, ser algo, creer algo. No es posible mantener la mente en un equilibrio perfecto, en blanco, e incluso si fuera posible, en vez de llegar finalmente a la conclusión correcta, lo más probable es que nos quedáramos en ese estado de equilibrio y vacío para siempre. Aun en las etapas intermedias, no hay que avergonzarse retrospectivamente de haber sentido un arrebato de entusiasmo: si san Pablo no hubiera sido un ferviente fariseo, habría sido después un cristiano más tibio. Por mi parte, recuerdo la época en que era socialista con algo de pesar. Me he convencido (por el momento) de que deberíamos dejar esos grandes cambios a lo que denominamos grandes fuerzas ciegas: su ceguera es mucho más perspicaz que la corta, miope y parcial vista de los hombres. Ahora creo darme cuenta de que mi plan no funcionaría, y que todos los demás planes de los que tengo noticia debilitarían algunos elementos beneficiosos en la misma medida en que favorecerían otros. Ahora sé que al volverme conservador con los años estoy pasando el ciclo normal de cambio y recorriendo la órbita común de las opiniones humanas. Me someto a ello como me sometería a la gota o a las canas, como algo concomitante de una edad más avanzada o, en todo caso, de la mengua de pasión animal; pero no me parece que sea necesariamente un cambio a mejor: me inclino a creer que, lamentablemente, es a peor. No tengo posibilidad de elegir en este asunto y no puedo oponerme a esta tendencia de mi ánimo, como tampoco puedo impedir que mi cuerpo empiece a vacilar y deteriorarse. Si me libro (como se suele decir), ciertamente dejaré atrás algunos enojosos deseos; pero no tengo prisa respecto a esto, ni tampoco, llegado el momento, alardearé de haberme librado de ellos. De la misma forma, tampoco me enorgullezco demasiado de haber dejado atrás mi fe en los cuentos de hadas del socialismo. Las personas mayores tienen sus propios defectos: tienden a ser cobardes, mezquinas y recelosas. Ya sea por la mayor experiencia o por la falta de pasión animal, me doy cuenta de que la edad conduce a ésos y a otros defectos, y por tanto mientras que en un sentido espero estar avanzando hacia la verdad, en otro es indudable que me estoy acercando a esas formas y fuentes de error.

Mientras intentamos atrapar una y otra vez este o aquel aspecto del conocimiento, bien previendo estimulantes posibilidades, bien frenados por un atisbo de prudencia, podemos comparar el precipitado curso de nuestros años con un rápido torrente en el que el hombre se viera transportado: ora es lanzado contra una roca, ora trata de asirse a un rastro de espuma para, al final, ser arrojado al oscuro e insondable océano. No tenemos más que vislumbres y tanteos; somos apartados violentamente de nuestras teorías; giramos y giramos en un remolino de modo que se nos va presentando esta o aquella visión de la vida, hasta que sólo los necios o los bribones pueden seguir aferrados a sus opiniones. Vemos fugazmente un aspecto de la vida y decimos que la hemos estudiado; nuestra opinión más elaborada no es más que una impresión. Si pudiéramos tomarnos un respiro, aprovecharíamos la ocasión para corregir y revisar, pero en esta precipitación no bien somos niños cuando ya nos hemos convertido en adultos, no bien nos hemos enamorado cuando estamos casados o hemos sido abandonados, no bien llegamos a una edad de la vida cuando ya nos encontramos en otra, y en cuanto alcanzamos la plenitud de la madurez ya comenzamos el declive hacia la tumba. Es inútil buscar constancia o esperar visiones claras y estables en un medio tan agitado y efímero. Esto no es una ciencia de laboratorio, en la que las cosas son sometidas a pruebas minuciosas; teorizamos con una pistola apuntándonos a la cabeza; nos vemos frente a condiciones nuevas sobre las que no sólo hemos de emitir un juicio, sino también actuar, y de forma inmediata. Y ni siquiera nosotros mismos podemos considerarnos constantes; en este fluir nuestra identidad misma parece sometida a cambios perpetuos, y no pocas veces encontramos nuestro propio disfraz el más extraño de la mascarada. Con el paso del tiempo, llegamos a amar cosas que antes aborrecíamos y a aborrecer cosas que antes amábamos. Milton ya no resulta tan aburrido como antes, ni, quizá, Ainsworth tan entretenido. Decididamente cuesta más trabajo subir a los árboles y desde luego ya no tanto permanecer sentados. De nada sirve fingir; incluso el antes favorito juego del escondite ha perdido parte de su encanto. Todos nuestros atributos se transforman o modifican; y no hablaría muy bien de nosotros si nuestras opiniones no se transformaran o modificaran en la misma medida. Sostener las mismas opiniones a los cuarenta años que a los veinte es haber permanecido en un estupor durante dos décadas, y no es algo propio de un profeta sino de un zoquete incapaz de aprender, al que los castigos recibidos no han servido de nada. Es como si el capitán de un barco fuera a navegar hasta la India desde el puerto de Londres y, habiendo cogido para consultarla una carta del Támesis al zarpar, se negara obstinadamente a utilizar otra durante el resto del viaje.

No sería menos absurdo empezar en Gravesend con una carta del mar Rojo. Si Jeunesse savait, si Vieillesse pouvait es un sentimiento muy bonito, pero no necesariamente correcto. En cinco de cada diez casos, no es que los jóvenes no sepan sino que no eligen. Hay algo de irreverente en esta especulación, pero quizá la falta de poder tenga más que ver con prudentes resoluciones de la edad de lo que normalmente estamos dispuestos a admitir. Sería un experimento instructivo devolver a la juventud a un anciano con todo su savoir. No creo que, después de todo, depositara su dinero en el Savings Bank; dudo que fuera un hijo tan admirable como cabría esperar; y en cuanto a su conducta en el amor, estoy convencido de que dejaría en mantillas a sus nuevos amigos y les haría sonrojar. La prudencia es un ídolo de madera ante el que Benjamin Franklin camina con el imponente aire de un sumo sacerdote y tras el que van danzando muchos prósperos comerciantes como otros tantos Atis. Pero no es una deidad a la que rendir culto en la juventud. Si un hombre vive hasta alcanzar una edad considerable, es innegable que lamenta sus pasadas imprudencias, pero con frecuencia veo que lamenta su juventud con mucha más amargura y con un tono más sincero.

Se suele decir que hay que tener presente la vejez porque llega al final. Me parece igual de pertinente decir que la juventud llega primero. Y el platillo se vence en la balanza si añadimos que, en la mayoría de los casos, la vejez no llega nunca. Accidentes y enfermedades acaban rápidamente con las personas más prósperas; la muerte no cuesta nada, y el desembolso en una lápida es una minucia para el feliz heredero. Que la existencia acabe súbitamente cuando se está llevando a cabo proyectos ambiciosos ya es bastante trágico; pero cuando un hombre se ha estado escatimando su propia vida, ahorrándolo todo para una fiesta que nunca había de celebrarse, es como esas tragedias que conmueven histéricamente y que se hallan en los límites de la farsa. La víctima ha muerto; se ha pasado de lista consigo misma: una combinación de calamidades, por lúgubres no menos absurdas. Atesorar unas botellas del burdeos favorito hasta que se agria no es una política inteligente, ¡y mucho menos hacerlo con una bodega entera: toda una existencia! Las personas pueden sacrificar sus vidas con alegría seguras de que les aguarda una inmortalidad dichosa; pero eso es muy diferente de renunciar a la juventud y a sus admirables placeres con la esperanza de que las gachas sean algo mejores en una más que problemática, mejor dicho, más que improbable, vejez. No deberíamos elogiar a un hambriento por renunciar a su cena y reservar todo su apetito para el postre, antes de saber con seguridad si va a haber postre o no. Si se puede decir que en el mundo existe la imprudencia, ahí está. Navegamos por peligrosos y vastos mares en embarcaciones que hacen aguas; y, como en la triste vieja balada, hemos oído el canto de las sirenas y sabemos que ya no volveremos a ver tierra firme. Viejos y jóvenes, todos estamos en nuestro último viaje. Si alguien de la tripulación tiene un poco de tabaco, ¡por Dios, que pase una ronda y fumemos una pipa antes de partir!

En realidad, por el testimonio de nuestros mayores, esta agitada preparación para la vejez no es más que trabajo inútil. Nos ponemos en guardia, y después de todo es un amigo quien viene a nuestro encuentro. Cuando cae el sol y poniente se apaga, el firmamento empieza a llenarse de relucientes estrellas. De la misma forma, cuando vamos envejeciendo, una serena regularidad en los sentimientos viene a ocupar el lugar de los violentos altibajos de la pasión y la aversión; la misma influencia que refrena nuestras esperanzas, aquieta nuestros temores; si los placeres son menos intensos, también las aflicciones son más suaves y llevaderas. En una palabra, este periodo para el que se nos dice que acumulemos todo como si se tratara de una hambruna es, por derecho propio, el más rico, el más fácil, el más feliz de la vida. Es más, dirigir su propia vida y seguir su feliz inspiración es lo mejor que puede hacer la juventud para asentar la tranquilidad de la vejez. Una juventud plena, ocupada, es su único preludio para una vejez autosuficiente e independiente, y el que la desperdicia inevitablemente se convierte en un aburrido. No hay muchas personas como el doctor Johnson, que hagan su primer viaje romántico a los sesenta y cuatro años. Si queremos escalar el Mont Blanc o conocer una guarida de ladrones en el East End, ponernos una escafandra y descender hasta el fondo del mar o subir en globo, hemos de hacerlo mientras todavía somos jóvenes. No tiene sentido posponerlo hasta que nos agarrote la prudencia y cojeemos por el reúma, y la gente empiece a preguntarnos: «¿Qué hace la Gravedad fuera de la cama?». La juventud es la época para recorrer el mundo de un extremo a otro tanto con la mente como con el cuerpo, para probar las costumbres de otras naciones, para oír las campanadas a medianoche, para contemplar el amanecer en la ciudad y en el campo, para convertirse con renovado fervor religioso, para circunnavegar la metafísica, escribir versos defectuosos, correr un kilómetro para ver un fuego y esperar todo el día en el teatro para aplaudir el Hernani. Hay algo de verdad en la vieja idea de las inevitables locuras de juventud, y un hombre que no ha pasado su «enfermedad verde» y no la ha superado para siempre es tan poco seguro como un niño sin vacunar. «Es extraordinario —afirma lord Beaconsfield, uno de los jóvenes más brillantes y mejor conservados hasta la fecha de su última novela—, es extraordinario con qué rapidez y con qué violencia cambian los sentimientos de un joven inexperto». Y esta movilidad es un talento especial que se le ha confiado, una suerte de virginidad indestructible, una armadura mágica con la que puede arrostrar indemne grandes peligros y atravesar los lugares más enfangados sin mancharse. Que viaje, que especule, que vea todo lo que pueda, que haga hasta donde le sea posible; su espíritu tiene tantas vidas como un gato; será capaz de vivir en todas las circunstancias, y todas las superará. Los que fracasan en la juventud, si tenían oportunidades razonables de salir adelante, es probable que no merecieran salvarse desde el principio; seguramente eran individuos débiles, criaturas hechas de masilla y cuerda, sin acero ni fuego, ni indignación o verdadera alegría en su interior. Podemos compadecer a sus padres, pero no hay razones para lamentarse por ellos; para ser honesto, el hermano débil es lo peor de la humanidad.

Cuando el anciano menea la cabeza y dice: «Ah, yo también pesaba así cuando tenía tu edad», ha demostrado el argumento del joven. Bien por la mayor experiencia, bien por la falta de energía animal, es indudable que ha cambiado de parecer, pero pensaba así cuando era joven, y todos los hombres han pensado así cuando eran jóvenes, desde que el rocío cae en la mañana o el espino florece en mayo; y aquí tenemos a otro joven sumando su voto a los de las generaciones anteriores y ensartando un nuevo eslabón a la cadena de testimonios. Es tan natural y tan apropiado que un joven sea imprudente y exagerado, que viva en círculos y caídas vertiginosas, y que se dé contra los barrotes de su jaula lo mismo que cualquier criatura salvaje recién capturada, como que los ancianos encanezcan o las madres amen a sus hijos o los héroes mueran por algo que tiene más valor que sus vidas.

Como apólogo para los mayores, permítaseme recomendarles esta pequeña historia cuando se sientan más tentados de lo habitual a ofrecer su consejo. Un niño que había sido muy aficionado a los juguetes (en particular a los soldaditos de plomo) descubrió al convertirse en un muchacho que este gusto infantil no había disminuido un ápice. Tenía trece años; ya se habían burlado de él por pasar demasiado tiempo cerca de la caja de los soldaditos, se sonrojaba si era sorprendido con ellos y las sombras de la casa-cárcel se cernían sobre él. Nada hay más difícil que expresar los pensamientos de los niños en el lenguaje de sus mayores, pero éstas venían a ser sus reflexiones en aquella situación: «Está claro que tengo que dejar los juguetes por algún tiempo, pues no estoy en condiciones de protegerme de las burlas tontas. Por otra parte, estoy seguro de que los juguetes son lo mejor de la vida; todo el mundo renuncia a ellos por el mismo respeto pusilánime hacia los que son un poco más mayores, y si no regresan a ellos en cuanto pueden sólo es porque se vuelven estúpidos y los olvidan. Yo seré más listo; me amoldaré durante un tiempo a las costumbres de su absurdo mundo, pero en cuanto haya ganado suficiente dinero me retiraré y me encerraré con mis juguetes hasta que me muera». Y cuando pasaba en tren por las montañas de Esterel, entre Cannes y Fréjus, se fijó en una casita preciosa con un jardín de naranjos situada en el recodo de una bahía y decidió que aquél había de ser su Valle Feliz. Astrea Redux; ¡la niñez volvería de nuevo! Me parece que la idea tiene algo de sencilla nobleza, no indigna de Cincinato. Sin embargo, como el lector ya habrá imaginado, lo más probable es que nunca se lleve a cabo. Había un gusano en el capullo, un error fatal en las premisas. La niñez debe pasar, y después la juventud, tan inexorablemente como se aproxima la vejez. La verdadera sabiduría consiste en estar acordes con la estación y cambiar de buen grado según cambian las circunstancias. Amar los juguetes de niño, tener una juventud aventurera y honorable, y asentarse, cuando llegue el momento, en una vejez joven y sonriente: en eso consiste ser un buen artista de la vida y merecedor del aprecio propio y de tu vecino.

No tenemos que arrepentirnos de las extravagancias juveniles. Es posible que fueran exageradas en una dirección, lo mismo que las de la vejez probablemente lo son en la otra. Pero tenían un sentido; no sólo convenían a nuestra edad y expresaban su actitud y sus pasiones, sino que guardaban relación con lo que nos rodeaba y llevaban implícitas críticas al estado de cosas del momento; y el hecho de que ahora veamos que eran parciales no significa que fueran inmerecidas. Todo error que no sea meramente verbal es una forma drástica de expresar que la verdad actual es incompleta. Las locuras de juventud se basan en una razón sólida, lo mismo que las embarazosas preguntas de los niños pequeños. Sus actos más antisociales indican los defectos de nuestra sociedad. Cuando el torrente lanza a un hombre contra una roca, es de esperar que grite, y no hay que sorprenderse si el grito a veces es una teoría. Shelley, irritado por la Iglesia de Inglaterra, descubrió la cura de todos los males en el ateísmo universal. Hay muchachos generosos que, indignados ante las injusticias de la sociedad, propugnan la abolición de todo y el establecimiento del Reino de la Anarquía. Shelley era un joven loco, lo mismo que estos pendencieros revolucionarios. Pero es mejor ser un loco que estar muerto. Es mejor emitir un grito en forma de una teoría que ser completamente insensible a las sacudidas e incongruencias de la vida y tomar todo como viene con una desesperanzada estupidez. Algunas personas se tragan el universo como una píldora; viajan por el mundo como sonrientes imágenes a las que empujan por detrás. ¡Por Dios, prefiero al joven que tiene la suficiente cabeza como para hacer el ridículo! En cuanto a los demás, la ironía de los hechos les arrebatará esa posibilidad y les pondrá en ridículo sin miramientos antes de que la farsa termine. El último día serán todo gestos y aspavientos, y sonrojo y confusión en el semblante de los que se han creído prudentes y no han aprendido las duras lecciones que la juventud lega a la vejez. Si es verdad que estamos aquí para perfeccionar y completar nuestra naturaleza, y hacernos más grandes, más fuertes y más comprensivos en espera de una vida más noble en el futuro, todos deberíamos esforzarnos al máximo mientras aún estamos a tiempo. Dotar de alas a una persona insulsa y respetable no sería más que hacer una parodia de ángel.

En suma, si la juventud no acierta completamente en sus opiniones, es muy probable que la vejez tampoco lo haga. El corazón humano está gobernado conjuntamente por una esperanza imperecedera y una credulidad infalible. Un hombre descubre que se ha equivocado en todas las etapas anteriores de su vida y extrae de ahí la asombrosa conclusión de que ahora, por fin, está en lo cierto. La humanidad, después de siglos de fracasos, está todavía en vísperas de un milenio completamente propicio. Como hemos explorado el laberinto durante tanto tiempo sin resultado, la pobre razón humana deduce de ello que seguramente no nos quedará mucho más por explorar, que debemos de estar cerca del centro, con su fuente ornamental y la mesa servida con champán. ¿Y si no hubiera centro alguno, sino sólo un callejón tras otro, y todo el mundo no fuera más que un laberinto sin final ni salida?

El otro día escuché un retazo de conversación que me voy a tomar la libertad de reproducir. «Lo que afirmo es cierto», decía uno. «Pero no es toda la verdad», respondió el otro. «Señor —repuso el primero (y me pareció que había un dejo al Dr. Johnson en lo que decía)—, señor, ¡la verdad completa no existe!». En efecto, nada hay tan evidente en la vida como que cada asunto tiene dos caras. La historia es una larga demostración de ello. Día a día las fuerzas de la naturaleza nos lo graban a golpes en nuestras atrasadas inteligencias. Nunca nos detenemos a meditarlo por un momento, pero lo aceptamos como un axioma. Un fanático logra dominar a la humanidad precisamente ignorando esta gran verdad e inculcándole a base de repetirlo sin cesar que este o aquel asunto sólo tiene una solución posible; y nuestro fanático es un individuo enérgico de verbo florido, que domina las cosas por un tiempo y saca al mundo de su sopor; pero en cuanto desaparece, un ejército de personas tranquilas y sin influencia se pone a trabajar para recordarnos la otra cara y echar abajo la generosa impostura. Mientras Calvino amonesta a todo el mundo en su Institutio, y el impetuoso Knox vocifera desde el púlpito, en su biblioteca de Périgord Montaigne ya está examinando el otro lado y prediciendo que en la Biblia van a encontrar tantos motivos sobre los que pelear como habían encontrado en la Iglesia. La vejez puede sustentar uno de estos puntos de vista, pero la juventud tiene el otro. Nada hay más seguro que ambas están en lo cierto, excepto, quizá, que ambas están equivocadas. Que las dos acuerden aceptar las diferencias, pues ¿quién sabe si ponerse de acuerdo en tolerar las diferencias no será más una forma de acuerdo que una forma de diferencia?

Supongo que está escrito que cualquiera que pretenda ser un poco filósofo debe contradecirse a sí mismo sin rebozo. Pues heme aquí que casi me he convencido de que por fin tenemos todo el panorama ante nosotros; que no hay respuesta al misterio, excepto que hay tantas como nos plazcan; que el laberinto no tiene centro, porque, como en la famosa esfera, su centro está en todas partes; y que acordar aceptar las diferencias, con toda la ceremonia de cortesía, es la «única canción apacible de pura armonía» en la que podemos unir nuestras musicales voces.

Sobre el deleite de los lugares desagradables

Resulta difícil aprovechar al máximo las posibilidades de cualquier lugar, y es algo que en gran medida depende de nosotros. Cuando las cosas se miran pacientemente desde todos los ángulos generalmente acaban mostrando un lado hermoso. Hace unos meses se hablaba en el Portfolio de un «régimen austero en el paisaje», y se recomendaba esa disciplina por su efecto «saludable y fortalecedor sobre el gusto». Ése es el tema, por así decirlo, del presente ensayo. Hay que señalar que la disciplina en el paisaje de la que hablamos es algo más que un simple paseo antes del desayuno para despertar el apetito. Pues cuando se nos coloca en un entorno desagradable, y especialmente si nos hemos hecho más o menos dependientes de lo que vemos, tenemos que ponernos a buscar cosas hermosas con todo el entusiasmo y la paciencia de un botánico que quisiera encontrar una planta de centeno. Día a día nos perfeccionamos en el arte de ver la naturaleza más favorablemente. Aprendemos a vivir con ella, como otras personas aprenden a vivir con esposas irritables o violentas: a recrearnos en lo que es bueno y cerrar los ojos ante lo que es sombrío o discordante. También aprendemos a acercarnos a cada lugar con el espíritu apropiado. El viajero, como nos dice expresivamente Brantome, «fait des discours en soi pour soutenir en chemin», y en esos discursos entreteje algo de todo lo que ve y soporta por el camino. Su tono varía con el carácter cambiante del escenario; una abrupta pendiente no suscita las mismas reflexiones que un camino llano, y las fantasías del hombre se vuelven más despreocupadas cuando llega a un claro al salir de un bosque. Y no es que el escenario afecte a los pensamientos más que los pensamientos al escenario. Vemos los lugares a través de nuestros humores lo mismo que a través de cristales de distintos colores. Nosotros mismos somos un término de la ecuación, una nota del acorde, y podemos crear conflicto o armonía casi a voluntad. No debe preocuparnos el resultado, con tal de que nos rindamos suficientemente al paisaje que nos rodea y nos sigue, de suerte que siempre estemos pensando cosas adecuadas o contándonos alguna historia apropiada mientras caminamos. De esta forma nos convertimos, en cierto sentido, en un foco de belleza; provocamos la belleza de forma muy similar a como el carácter amable y sincero provoca la sinceridad y la amabilidad en los demás. E incluso cuando el más despierto y obediente de los espíritus no puede suscitar ninguna armonía, aún es posible embellecer un lugar con algún encanto. Podemos aprender a ir más lejos en la búsqueda de asociaciones y a manejarlas con ligereza cuando las encontramos. A veces viene en nuestra ayuda una vieja tarjeta; he visto muchos lugares iluminarse instantáneamente con pintorescas fantasías gracias a una evocación de Callot o de Sadeler o de Paul Brill. Dick Turpin pertenece para mí a la escenografía de muchos senderos ingleses. Y supongo que los Trossachs difícilmente serían los Trossachs para la mayoría de los turistas si un hombre de admirable instinto romántico no los hubiera poblado de armoniosas figuras, y los hubiera impulsado a ir allí con la mente preparada para la impresión. La mitad de la batalla consiste en esta preparación. Por ejemplo: rara vez he podido visitar con el espíritu adecuado los lugares salvajes e inhóspitos de nuestras Highlands. Me siento más a gusto en un entorno domesticado y fértil, y no me resulta fácil prescindir de los árboles. Comprendo que hay ciertas fases en las aflicciones anímicas que armonizan bien con un entorno así, y que algunas personas, gracias al poder de la imaginación, pueden retroceder varios siglos en su espíritu e identificarse con la forma de vida precaria, asocial, inhóspita, que imperaba en aquellas agrestes colinas. Ahora, cuando me siento triste, me gusta que la naturaleza me saque de mi congoja, como David ante Saúl, y el pensamiento de esas épocas pasadas no despierta en mí más que una desagradable compasión, de forma que nunca me encuentro con el estado de ánimo adecuado para este tipo de paisaje y por lo tanto no me resulta placentero. No obstante, incluso aquí, con tal de que pudiera estar solo y se me dejara el tiempo suficiente, tendría toda clase de satisfacciones y, al marcharme, me llevaría conmigo muchas nítidas y hermosas imágenes. Cuando no podemos imaginarnos en armonía con los rasgos predominantes de una región, aprendemos a ignorarlos y escrutamos la hierba en busca de flores o nos quedamos contemplando durante largo tiempo la cambiante corriente de un riachuelo. Acudimos al sermón de las piedras cuando no nos resulta accesible el poema del paisaje que se despliega ante nosotros. Empezamos a escudriñar y a herborizar, a interesarnos por los pájaros y los insectos, descubrimos muchas cosas hermosas en miniatura. El lector recordará la breve escena de verano en Cumbres borrascosas —quizá la única escena cálida en esa poderosa y sombría novela— y la importancia que adquieren en ella la hierba, las flores y un poco de sol: ése es el estado de ánimo del que hablo. Y, por último, podemos volver bajo techo; los interiores a veces son igual de hermosos, y con frecuencia más pintorescos, que los espectáculos a cielo abierto y tienen la propiedad de ofrecernos refugio, sobre la que me extenderé más adelante.

Con todo esto en mente, a menudo me he sentido tentado de proponer la paradoja de que cualquier lugar es lo bastante bueno para vivir en él, mientras que sólo en unos pocos, los muy gratos, podemos pasar unas horas agradablemente. Si permanecemos el tiempo suficiente, acabamos por encontrarnos a gusto en un entorno. Como flores, van surgiendo recuerdos relacionados con rincones anodinos. Hasta cierto punto, olvidamos los encantos superiores de otros lugares y nos embarga un estado de ánimo tolerante y comprensivo que es su propia recompensa y justificación. Hace unos días, rememorando algunos recuerdos, me asombró descubrir cuánto debía a un lugar así; me parecía que seis semanas en un entorno campestre desabrido habían hecho más por estimular y educar mi sensibilidad que muchos años en lugares que concuerdan más con mis inclinaciones.

La región a la que me refiero era una llanura sin árboles en la que los vientos cortaban como un látigo. Se extendía a lo largo de kilómetros y kilómetros. Es cierto que un río desembocaba en el mar cerca del pueblo en el que vivía, pero el valle de aquel río era poco profundo y pelado por lo que pude ver en mis caminatas hasta donde me llegó el ánimo. Había caminos, desde luego, pero desprovistos de belleza o interés, pues como no había árboles y el terreno apenas mostraba irregularidades, veías todo tu paseo expuesto ante ti desde el principio: nada quedaba a la fantasía, nada cabía esperar, nada había que ver junto al camino excepto alguna casa de aspecto poco acogedor, y aquí y allá un solitario picapedrero con antiparras, y tu única compañía, mientras seguías caminando obstinadamente, eran los escuálidos postes del telégrafo y el zumbido de los cables que resonaban en la cortante brisa marina. Para alguien que ha aprendido a reconocer su canto en lugares cálidos y agradables junto al Mediterráneo, parecía burlarse de la región y hacerla aún más desolada por contraste. Incluso las escombreras que había al lado del camino no habían sido «devueltas a la naturaleza», como le gustaba decir a Hawthorne, por una cubierta decente de vegetación. Parecía que, allí donde la tierra tenía la posibilidad, estaba en barbecho. Hay una cierta desnudez ocre en el sur, llanuras yermas quemadas por el sol, de color león, y colinas revestidas únicamente de diáfano aire azul; pero esto era distinto, esto era la desnudez del norte: la tierra parecía ser consciente de que nada la cubría y estaba avergonzada y fría.

Al parecer, el viento siempre estaba soplando en aquella costa. Esto incluso había entrado en el lenguaje de los habitantes, que cuando se saludaban decían: «Vaya viento, vaya viento», en vez de «Buen día», que es habitual más al sur. Aquellos vientos constantes no eran como la brisa otoñal, que mantiene una presión uniforme contra tu rostro cuando caminas y hace hablar a todos los árboles sobre tu cabeza, o te trae el olor de tierra húmeda después de la lluvia. Eran del tipo inclemente, implacable, persistente, que te dificulta ver y respirar, y hace que te duelan los ojos. Incluso esos vientos poseen su propia fascinación en el momento y lugar adecuados. Me gusta verlos mover grandes masas de sombra. ¡Y qué poder tienen sobre el color del mundo! ¡Cómo agitan espesos bosques a su paso, y les hacen estremecerse y palidecer como si fueran sauces solitarios! Nada hay más vertiginoso que un viento como ése entre los árboles, con todos sus sonidos y vistas; y el efecto se interpone entre algunos pintores y su mirada sobria de forma que, incluso cuando el resto de su pintura aparece en calma, el follaje está pintado como en plena tempestad. Sin embargo, nada de esto se percibía en una región sin árboles y casi sin sombras, salvo las sombras pasivas de las nubes o las rígidas de casas y muros. Con todo, el viento era motivo de placer, pues en ningún lugar se podía disfrutar más plenamente el placer de la calma repentina o del oportuno cobijo. El lector sabe a qué me refiero; seguramente recuerda cómo, sentado tras un parapeto en una ladera, se deleitaba al oír el viento siseando en vano por las grietas a su espalda, mientras sentía un cálido hormigueo por el cuerpo, y empezó a advertir entonces, con una sorpresa gradual, por así decirlo, que el campo era maravilloso, el brezo morado y las colinas lejanas estaban jaspeadas de sol y sombra. Wordsworth, en un hermoso pasaje del «Preludio», ha utilizado esto como figura de la sensación que nos producen las tranquilas callejas de Londres después del tumulto de las grandes avenidas, y la comparación puede volverse en la otra dirección sin perder un ápice de efecto:

Mientras tanto, el fragor continúa, hasta que, al cabo,

habiendo huido de él como de un enemigo, damos

súbitamente con algún rincón apartado,

tranquilo como un lugar resguardado cuando el viento sopla fuerte.

Recuerdo que en una ocasión conocí en un tren a un hombre que me habló de lo que debió de ser el caso más perfecto de este placer de la huida. Una soleada mañana en la que soplaba el viento había subido a lo alto de una gran catedral en algún lugar en otro país; creo que se trataba de la catedral de Colonia, esa gran maravilla inacabada a orillas del Rin, y después del largo ascenso por una oscura escalera, por fin había salido a la luz y se encontraba en una plataforma que dominaba la ciudad. A aquella altura el tiempo todavía era cálido y apacible; la tempestad se estaba produciendo en las capas inferiores del aire y él la había olvidado en la calma del interior de la iglesia y durante su larga subida; así que no es difícil imaginar su sorpresa cuando, al apoyar los brazos en la soleada barandilla y contemplar el lugar que estaba mucho más abajo que él, vio cómo los pobres viandantes tenían que sujetarse los sombreros y esforzarse por avanzar contra el viento. Me parece que hay algo perfecto en esta pequeña experiencia de aquel compañero de viaje. La forma de actuar de los hombres siempre nos parece trivial cuando nos encontramos solos en lo alto de una iglesia, con el cielo azul y rodeados de pináculos, y vemos mucho más abajo los tejados en pendiente y los contrafuertes en escorzo y la silenciosa actividad de las calles; pero ¡cuánto más no debió de parecérselo a él mientras se encontraba por encima no sólo de la actividad de todas aquellas personas sino también de su clima, como en la región dorada de Apolo!

Ésta fue la clase de placer que descubrí en el lugar sobre el que escribo. El placer consistía en permanecer al resguardo del viento, acurrucado en un refugio, mientras tenía presente en todo momento cómo soplaba fuera. Y esos lugares guarecidos se encontraban únicamente junto al mar. Entre los negros y accidentados promontorios hay pequeñas calas y ensenadas bien protegidas del viento y la turbulencia del mar abierto; lugares en los que la arena y las algas devuelven la mirada al observador desde la profundidad del agua en calma y sólo las aves marinas, gritando y revoloteando desde los desgastados peñascos, perturban el silencio y la luz del sol. En mi memoria se ha quedado grabado un lugar así por encima de todos los demás. En un peñón al borde del agua los guerreros noruegos de antaño habían construido dos castillos juntos pared con pared como casonas geminadas; sin embargo, las rencillas entre los dueños llegaron a tal punto que, desde una ventana, uno de ellos disparó al otro cuando se encontraba a la puerta de su casa. En la yuxtaposición de esos dos enemigos hay algo lleno de ironía trágica. Es tétrico imaginar a aquellos hombres barbudos y mujeres resentidas fraguando planes llenos de odio en la noche, junto al fuego en las salas de los dos castillos, mientras el mar golpeaba contra sus cimientos y el viento invernal se abatía sobre las almenas. En un estudio podemos reconstruir una pálida imagen de lo que era la vida entonces, pero no cuando nos encontramos allí. Los pensamientos que nos vienen entonces a la mente no hacen más que intensificar una impresión engañosa y la asociación se vuelve contra sí misma. Recuerdo que fui caminando hasta allí tres tardes seguidas, con los ojos fatigados de soportar el viento en contra, y, al caerme de repente por el borde de la pendiente, me encontré en un nuevo mundo cálido y resguardado. El viento, del que había escapado «como de un enemigo», parecía estar muy localizado. No traía nubes y por la dirección en que soplaba no agitaba el mar que tenía ante mí. Los dos castillos, tan negros y ruinosos como las rocas que les rodeaban, todavía se distinguían de éstas por algo más inseguro y fantástico en su contorno, algo cuya destrucción parecía inminente tras la última tormenta y que la siguiente terminaría de derribar. Sería difícil expresar con palabras la sensación de paz que se apoderó de mí en aquellas tres tardes. Lo que la provocaba, como ya he dicho, era el contraste. La orilla mostraba las marcas y cicatrices de tempestades anteriores; no me abandonaba el recuerdo de la lucha demente de los pigmeos que habían levantado aquellos dos castillos y vivieron en ellos desconfiando y odiándose mutuamente, y sabía que sólo tenía que sacar la cabeza de aquel pequeño refugio para que el viento inmisericorde me soplara en los ojos. Sin embargo, ahí estaban las dos grandes extensiones del inmóvil aire azul y el mar tranquilo contemplando, indiferentes y distanciadas, el tumulto del momento presente y los monumentos del precario pasado. La impresión del viento alto en un cielo limpio siempre tiene algo de transitorio e inquietante; parece que no está en la naturaleza de las cosas y que debería empezar a languidecer y marchitarse como una flor cortada. Y en aquellos días en mi mente estaban muy próximos los pensamientos sobre el viento y sobre la vida humana. En verdad, nuestros turbulentos años no parecían más que momentos en el ser del silencio eterno; y el viento, ante aquella gran extensión de azul estático, no era más que el aire que mueve un ala de mariposa. La placidez del mar también era algo digno de ser recordado. Shelley describe el mar como «hambriento de calma», y en aquel lugar se aprendía a comprender por qué. Mirando las aguas verdes desde el escabroso borde de la roca, o nadando despreocupadamente al sol, me parecía que disfrutaban de su propia tranquilidad, y cuando en ocasiones ésta era interrumpida por una onda del viento en la superficie o por el rápido y oscuro paso de un pez en las profundidades, se recomponían (uno podía fantasear) con alivio.

También en la orilla, en el refugio de aquel pequeño recoveco, todo era tan apacible y sereno que el menor detalle me deparaba una agradable sorpresa. El caprichoso crujido de las vainas de tojo abriéndose al sol de la tarde subyugaba el oído. El cálido y dulce aliento de la orilla, que se había saturado de sol durante todo el día y ahora lo exhalaba en mi rostro, era como el aliento de otra criatura. Recuerdo que no me podía quitar de la cabeza dos versos de una poesía francesa; de alguna forma elemental parecían concordar con mi entorno y expresar la satisfacción que me embargaba, y yo no dejaba de repetir en voz baja:

Mon cœur est un luth suspendu,

Sitôt qu'on le touche, il résonne.

No me explico por qué me vinieron a la mente esos versos en aquel momento, y precisamente por eso los repito aquí. Quizá puedan servir para completar la impresión en la mente del lector, pues en mi caso ciertamente formaban parte de ella.

Y esto me ocurrió en el lugar en el que menos me gustaba estar de todos. Cuando pienso en ello me avergüenzo de mi ingratitud. «Del fuerte salió la dulzura». Allí, en el desolado y borrascoso norte, quizá recibí mi mayor impresión de paz. Vi que el mar era grande y calmo, y que la tierra, en aquel pequeño rincón, estaba llena de vida y era amigable conmigo. De esta forma, donde quiera que se halle un hombre, encontrará algo que le agrade y le sosiegue: en el pueblo le recibirán afables rostros de hombres y mujeres, verá hermosas flores en una ventana o escuchará el canto de un pájaro enjaulado en el rincón de la calle más sombría; y en cuanto al paisaje… no hay paisaje que esté completamente desprovisto de interés; sólo tenemos que buscarlo con el espíritu adecuado, y lo encontraremos.

Fontainebleau - comunidades de pintores

I

Fontainebleau tiene un encanto especial. Es un lugar por el que las personas sienten cariño aún más que admiración. El vigoroso aire del bosque, el silencio, las majestuosas calzadas, los agrestes peñascos, la gran antigüedad y dignidad de ciertas arboledas… todo esto no son más que los ingredientes, pero no el secreto de la poción. Este lugar es curativo; el aire, la luz, los perfumes y las formas de las cosas concuerdan en una feliz armonía. El artista puede estar ocioso sin temor a la melancolía. Puede juguetear con su vida. La alegría, una alegría lírica, y una vivaz serenidad clásica, son la esencia misma del mejor arte; y en este bosque tan grato el artista tiene la oportunidad de aprenderlas o recordarlas. Incluso en la llanura de Bière, donde el Ángelus de Millet aún resuena en el oído de la fantasía, un aire más vasto, un cielo más alto, algo antiguo y saludable en el rostro de la naturaleza, purifican la mente tanto del embotamiento como del exceso de actividad. No hay otro lugar en el que los jóvenes sean más alegremente conscientes de su juventud ni los mayores más conformes estén con su edad.

Su extraordinaria y especial belleza también hace recomendable esta región para el artista. Sus campos fueron escogidos por hombres en cuya sangre aún había algo de la jubilosa o solemne exultación del gran arte: Millet, que amaba la dignidad tanto como Miguel Ángel; Rousseau, cuya pincelada moderna estaba imbuida del hechizo de los antiguos. Fue elegida antes de que se produjera ese extraño giro en la historia del arte, cuya culminación percibimos ahora en los relatos y pinturas impresionistas: esa aversión voluntaria del ojo a todos los efectos engañosamente fuertes y hermosos; ese amor desinteresado a la monotonía que ha hecho que tantos como Peter Bell se pongan a pintar prímulas en la ribera de un río. Fue elegida por su proximidad a París. Por eso mismo, y por la fuerza de la tradición, el pintor de hoy sigue habitando allí y pintándola. En Francia hay escenarios incomparables para el romance y la armonía. La Provenza y el valle del Ródano desde Vienne hasta Tarascon son una sucesión de obras maestras a la espera del pincel. La belleza no es sólo belleza; además, cuenta una historia a la imaginación y sorprende al mismo tiempo que hechiza. Aquí se ven ciudades amuralladas que podrían ser escenario de un país de ensueño; calles con colores que resplandecen como vidrieras de catedrales; colinas de exquisitas proporciones; flores de las más preciosas tonalidades, tan abundantes como briznas de hierba. Por la gracia del ferrocarril todo esto ha llegado a la puerta misma del pintor moderno; sin embargo, él no lo busca; permanece fiel a Fontainebleau, al puente eterno de Gretz, a la cascada que riega el valle de Cernay. Incluso Fontainebleau fue elegido para él; incluso en Fontainebleau evita una caracterización nítida. Pero al menos una cosa es cierta: con independencia de lo que elija pintar y de la forma en que lo haga, es bueno que el artista habite entre formas gráciles. Fontainebleau, si bien no es un escenario apacible, posee una gracia clásica, y aunque el estudiante busque otras cualidades, ésta, silenciosamente presente, educará su mano y su vista.

Sin embargo, más importante que sus otras ventajas —encanto, belleza o la proximidad de París— es el hecho de que ya está colonizado. El establecimiento de una colonia de pintores requiere tiempo y tacto. Hay que conquistar a la población. Hay que enseñar al posadero desde el principio la lección del crédito ilimitado; hay que enseñarle a recibir como un cliente privilegiado a un joven ataviado con un abrigo sucio y con poco equipaje aparte de una caja de óleos y un lienzo; y debe aprender a conservar la fe en sus huéspedes, que comerán con buen apetito y beberán de lo mejor, pedirán prestado dinero para comprar tabaco y quizá no paguen un céntimo en un año. A continuación hay que ganarse a un vendedor de pinturas. El lugar debe adquirir algo de popularidad para que el pintor, el más gregario de los animales, no se encuentre solo. Y en cuanto estas dificultades están superadas, surgen nuevos peligros en el extremo opuesto, cuando el burgués y el turista llaman a la puerta. Éste es el momento crucial de la colonia. Si esos intrusos se instalan, no sólo se acabaron la libertad y las comodidades; muy pronto, con sus bolsillos llenos, habrán echado a perder la educación del posadero; los precios subirán y el crédito se hará escaso, y el pobre pintor deberá irse más lejos y encontrar otro reducto. «¡No aquí, oh, Apolo!», será su canción. Así fue como Trouville y, hace poco, St Raphael se perdieron para las artes. Son curiosas y no siempre edificantes las argucias de las que se sirve el estudiante francés para defender su guarida; como el calamar, a veces debe ennegrecer las aguas en las que elige habitar, pero en una situación así y para un fin tan conveniente, hay que dejar de lado los convencionalismos respetables.

Mientras no estén amenazados su bolsillo y su crédito, hará los honores de su aldea generosamente. Cualquier artista es bienvenido, con independencia del medio en el que se exprese; la ciencia es respetada; incluso el ocioso, si resulta ser un caballero, lo que tan pocas veces ocurre, no tardará en sentirse en casa. Y cuando esa criatura esencialmente moderna, la estudiante inglesa o americana, empezó a entrar tranquilamente en sus posadas favoritas como si fueran el salón de su casa, el pintor francés se quedó indefenso; se sometió o huyó. Su respetabilidad francesa, tan precisa como la nuestra aunque aplicada a ámbitos diferentes de la vida, retrocedió espantada ante la innovación. Pero las jóvenes eran pintoras; no había nada que hacer; y Barbizon, al menos cuando estuve allí por última vez, prácticamente había sido entregado a las bellas invasoras. Sin embargo, al paterfamilias, al turista corriente, al vendedor vacacional y al joven caballero vulgar en una escapada los ahuyenta de sus aldeas con toda la descortesía posible.

Esta sociedad puramente artística es excelente para el joven artista. Los muchachos son unos necios en su mayoría; se entregan sin reservas a la última ortodoxia; en general, se encuentran en esa fase de la educación en la que se está demasiado preocupado por el estilo como para ser consciente de la necesidad del contenido, y esto, sobre todo en el caso de los ingleses, es excelente. Volcarse en su ocupación, olvidarse del sentimiento, pensar únicamente en su material es, durante un tiempo al menos, la mejor vía para el progreso. Aquí, en Inglaterra, demasiados pintores y escritores viven dispersos, desprotegidos, entre los burgueses inteligentes. Éstos, cuando no se limitan a ser indiferentes, le sermonean sobre los objetivos elevados y la influencia moral del arte. Y ésa es la ruina del muchacho. Porque el arte es, primero y sobre todo, un oficio. El amor a las palabras, y no el deseo de publicar nuevos descubrimientos, el amor a la forma, y no una nueva lectura de acontecimientos históricos, es lo que caracteriza la vocación del escritor y del pintor. Hablando estrictamente, el arabesco, incluso en la literatura, es la primera fantasía del artista; empieza jugando con su material como un niño con un caleidoscopio y entra en una segunda fase cuando empieza a utilizar sus bonitas fichas para la representación. Ahí debe detenerse durante largo tiempo y trabajar con constancia; ése es su aprendizaje; y son pocos los que realmente lo superan y avanzan, completamente preparados, para dedicarse al verdadero objeto del arte: dar vida a las abstracciones, y significado y encanto a los hechos. Mientras tanto, que viva todo lo posible entre otros artesanos. Sólo ellos pueden interesarse seriamente por las tareas pueriles y los lastimosos éxitos de esos años. Sólo ellos pueden contemplar con ecuanimidad esos ejercicios realizados con un teclado mudo, ese embellecimiento de frases vacías, esa pintura insulsa y literal de temas insulsos e insignificantes. Los extraños le animarán. Dirán: «¿Por qué no escribe un gran libro? ¿Por qué no pinta un gran cuadro?». Si su ángel guardián le falla, incluso le pueden convencer de que lo intente y, con toda probabilidad, la vulgaridad se apoderará de su mano y su estilo quedará falsificado para siempre.

Y esto me lleva a una advertencia. La vida del aprendiz de cualquier arte es relajada y agradable; una carrera de fracasos, sobrellevada pacientemente, con pequeños éxitos aquí y allá; el estudioso más aplicado es consciente de un cierto progreso y aunque no se acerque de forma apreciable al arte de Shakespeare, se va haciendo un experto en el empleo de los recursos más elementales. Pero llega un momento en que debe dejar los ejercicios de calentamiento, levantarse, forzar su voluntad y, para bien o para mal, empezar con la creación. Existe la tendencia a posponer continuamente este día: sobre todo en el caso de los pintores. Han hecho tantos estudios que se han convertido en un hábito; siguen haciéndolos, y provocan vergüenza ajena en las exposiciones, y la muerte encuentra a estos envejecidos estudiantes todavía ocupados con los rudimentos de su arte. Esta clase de hombre se encuentra muy a gusto en las aldeas de artistas; en la jerga de la colonia inglesa de Barbizon solíamos llamarlos «amodorrados». Regresar con frecuencia a la ciudad, frecuentar la compañía de hombres que hayan llegado más lejos, estudiar las grandes obras, sentido del humor o, si tal cosa es posible, un poco de religión o de filosofía, son los remedios. Ya habrá tiempo para pensar en curar la enfermedad después de haberla contraído; pues contraerla es exactamente para lo que se visita ese país de ensueño que es la aldea de pintores. «Amodorrarse» es parte de la educación artística, y sus rudimentos hay que aprenderlos sin pensar, habiendo olvidado todo lo demás, como si fueran un objeto en sí mismos.

Por último, hay algo, o parece haber algo, en el aire mismo de Francia que comunica el amor al estilo. Da la impresión de que, por el mero hecho de vivir allí, se adquieren la precisión, la claridad, la destreza y limpieza en el uso de los materiales, la gracia en el tratamiento, al margen de cualquier valor en el pensamiento, o, si no se adquieren, al menos se les aprecia más. El aire de París está saturado de esta inspiración técnica. Y si abandonamos esa distinguida ciudad para despertarnos al día siguiente en los límites del bosque no estaremos haciendo más que cambiar de decorado. El mismo espíritu de pericia y refinamiento se respira en los largos paseos y las majestuosas arboledas, en las zonas agrestes que todavía son hermosas en su confusión, y en la gran llanura que consigue ser decorativa en su vaciedad.

II

Pese a su considerable extensión, el bosque de Fontainebleau nunca es tedioso. Creo que puedo decir que conozco toda la parte occidental palmo a palmo; al menos, lo suficientemente bien como para atestiguar que allí no hay un kilómetro cuadrado sin alguna característica o encanto especial. Lugares como el Long Rocher, el Bas-Breau y la Reine Blanche podrían estar a cientos de kilómetros de distancia unos de otros; apenas tienen algo en común aparte del silencio de los pájaros. Los dos últimos en realidad son colindantes y en ambos hay enormes árboles de gran antigüedad que han sobrevivido mil vicisitudes políticas. Pero en uno los grandes robles prosperan plácidamente en un terreno llano, dan sombra a una extensa pradera, y el aire y la luz penetran libremente bajo sus anchas ramas. En el otro, los árboles apenas tienen dónde hundir sus raíces; castillos de roca blanca yacen desmoronados unos sobre otros, el pie resbala, la víbora dormita enroscada, el musgo se agarra a la grieta, y la gran haya se eleva como una aguja proyectando sus brazos y, con una gracia inalcanzable para la arquitectura religiosa, cubre este desordenado caos. Mientras tanto, dividiendo los dos cantones, la ancha calzada blanca de la carretera de París desemboca en una avenida concebida para el boato y los desfiles triunfales, una avenida para un ejército, pero, pasados sus días de gloria, ahora se calienta al sol entre frescas arboledas y sólo cada cierto tiempo se divisa a lo lejos el vehículo de un turista de paso, apenas audible en la distancia. En cuanto te alejas un poco hacia un lado, encuentras una zona de arena y hayas y peñascos; hacia el otro, está el valle de Apremont, todo él enebro y brezo, y poco después puedes adentrarte en una zona de pinos. Tal es el arte con el que están mezclados los ingredientes. Tampoco hay que olvidar que, en toda esta parte, llegas continuamente a lo alto de alguna colina y contemplas la llanura, hacia el norte y hacia el oeste, como un mar opaco, ni que las sombras cambian constantemente y que, al cabo, la noche sucede a los rojos fuegos de la puesta de sol y, con ella, un nuevo bosque lleno de susurros, penumbra y fragancia. Pocas cosas renuevan más que dejar atrás París, los arcos iluminados por farolas del Carrusel y la gran urdimbre de calles rutilantes, y bañar los sentidos en la fragante oscuridad de este bosque.

En esta variedad continua la mente se mantiene despierta. Es un lugar cambiante para pintar, un lugar estimulante para vivir. Con la rapidez con la que te lleven los pies, pasas de un escenario a otro, todos ellos pintados vigorosamente con los colores del sol, que te cautivan en virtud de ese hechizo hereditario que ejercen los bosques sobre la mente del hombre que aún recuerda y saluda al antiguo refugio de su raza.

Sin embargo, el bosque ya ha sido completamente civilizado. Los rincones más salvajes tienen nombre y se les aprecia como antigüedades; en lo más remoto, la Naturaleza ha preparado y equilibrado sus efectos como con un arte consciente, y el hombre, con sus flechas orientadoras pintadas en azul, ha refrendado la pintura. Al término de la caminata más larga nunca te sorprende llegar a una gran calzada, encontrarte en la bifurcación de unos senderos o descubrir el acueducto, arrastrándose como un ciempiés entre la maleza. No es naturaleza salvaje sino, más bien, conservada. Y es apropiado que en el centro del laberinto no esté la cueva de un ermitaño. Ahí se encuentra un alegre pueblecito bañado por el sol, bullendo de placentera actividad, mientras que el palacio, lleno de distinción y poblado por nombres históricos, se alza solitario entre jardines.

Quizá el último intento de vida salvaje fue el de un inofensivo farsante que se autodenominaba ermitaño. Cerca de la calzada, en un gran árbol, se había construido una pequeña cabaña a la manera de la familia de Robinsones suizos. Allí subía de noche, con la romántica ayuda de una escala de cuerda; y si la suciedad fuera una prueba de sinceridad, aquel hombre era tan salvaje como un sioux. Tuve el placer de conocerle; me pareció de una estupidez supina, que no estaba del todo en sus cabales y que sólo le interesaba la calderilla; de esto sí que tenía una gran avidez. Con el tiempo, se descubrió que se dedicaba a robar gallinas y desapareció de su percha. Quizá desde el principio no fuera un auténtico devoto de la libertad del bosque, sino un ingenioso y teatral pordiosero, y la cabaña del árbol no fuera más que tramoya para mendigar. La elección de su ubicación así parecía indicarlo, pues si en el bosque no quedan lugares por descubrir, hay muchos que han sido olvidados y a los que nadie se acerca. Por supuesto, allí te aguardan las flechas azules para reconducirte, bien marcando el camino sobre un árbol o fijadas en el hueco de una roca. Pero estás completamente a salvo de interferencias; si hubiera agua podrías acampar durante semanas y nadie se percataría de tu presencia; y si se me permite suponer que el lector hubiera cometido algún grave delito y viniera a pedirme ayuda, creo que todavía sabría llegar a una pequeña cueva, provista de hogar y chimenea, en la que podría ocultarse perfectamente. Un paisajista compinchado con él podría llevarle la comida cada día; en cuanto al agua, tendría que darse un paseo cada noche hasta el lago más cercano, y, finalmente, cuando oyera los gritos de sus perseguidores, podría subirse tranquilamente al tren en alguna estación secundaria, seguir su camino haciendo transbordos y ser capturado discretamente en la frontera.

Así, Fontainebleau, aunque en realidad parece más bien un cuidado parque y, cuando el tiempo acompaña, en los lugares más famosos es literalmente un hervidero de turistas, aún posee esa inmunidad y ofrece algo del reposo de los bosques naturales. Y el individuo solitario, si bien ha de volver por la noche a la posada en que se aloja, aún puede pasar el día con sus propios pensamientos acompañado del silencio de los árboles. Las exigencias de la imaginación varían; algunas personas pueden estar solas en un jardín trasero donde se las ve desde las ventanas; otras, como el avestruz, se contentan con una soledad aparente; y aún hay otras que llegan con la imaginación hasta los límites mismos de su desierto y les irrita la existencia de un coto de caza en una provincia cercana. A estas últimas, por supuesto, Fontainebleau no les parecerá más que un jardín de té ampliado: como Rosherville en un día no muy concurrido. Pero para el hombre sencillo ofrece soledad: algo excelente en sí mismo y que estimula el deseo de compañía.

III

Durante algún tiempo fui un fiel barbizoniano; Et ego in Arcadia vixi, fue una temporada agradable, y, al igual que muchos otros visitantes, guardo un buen recuerdo de esa silenciosa aldea próxima a los límites del bosque. El gran Millet había muerto hacía poco tiempo, las contraventanas verdes de su modesta casa estaban cerradas; sus hijas estaban de luto. Así, el día en que llegué por primera vez marcaba una época en la historia del arte; más modestamente, también terminaba una época en la historia del Barrio Latino. El Petit Cénacle estaba muerto y enterrado; Murger y su grupo de vagabundos gorrones ya descansaban de sus argucias; la tradición de su vida real casi se había perdido, y la leyenda petrificada de la vie de bohème se había convertido en una suerte de evangelio que todavía inspiraba a celosos imitadores. Pero si éste estaba idealizado, la imitación fue más expurgada aún; la honestidad era la norma; los posaderos daban, como he mencionado, crédito casi ilimitado; soportaban que el pintor más andrajoso se marchara con todas sus pertenencias y dejara la cuenta sin pagar; y si a veces perdían sólo era a causa de los ingleses y los americanos. Al mismo tiempo, la llegada de numerosos anglosajones había empezado a afectar la vida de aquellos aplicados residentes. Se habían producido disputas, y, en un caso al menos, los ingleses y americanos habían hecho causa común para impedir una broma cruel. Sería algo bueno que las naciones y las razas pudieran comunicar sus cualidades, pero, en la práctica, cuando se miran, no encuentran más que defectos. Los anglosajones son esencialmente deshonestos; los franceses carecen por naturaleza del principio que denominamos «juego limpio». El francés se admiró de los escrúpulos de su huésped y cuando aquel defensor de la inocencia se retiró al otro lado del mar y dejó sus cuentas sin pagar, se volvió a admirar; a sus ojos, el bien y el mal formaban parte de la misma excentricidad, y él expresaba su juicio sobre los dos encogiéndose de hombros.

En Barbizon no había un maestro, un sumo pontífice de las artes. En Gretz dominaba Palizzi —el suyo era un dominio educado, superior—, fecundo en teorías, que guardaba en la memoria incontables anécdotas de los grandes hombres de antaño; se mostraba escéptico, tranquilo y venerable: adornos exteriores bajo los cuales, agitado por supersticiones italianas, se dedicaba a escrutar presagios y el tejido de su compostura permitía adivinar la figura de un jorobado. Cernay tenía a Pelouse, el sonriente crítico de los jóvenes, el admirable y plácido Pelouse, que había sido viajante comercial hasta que un día tiró súbitamente sus muestras, compró una caja de óleos y se convirtió en el maestro que todos hemos admirado. La figura central de Marlotte era Olivier de Penne. Sólo Barbizon, desde la muerte de Millet, era una comunidad sin cabeza. Incluso sus figuras secundarias y aquellos que, en mi época, daban la bienvenida al extranjero, la han abandonado. El buen Lachevre ha partido, llevándose sus dioses del hogar; y, mucho antes, la muerte prematura nos arrebató a Gaston Lafenestre. Falleció antes de merecer el éxito; quizá nunca lo hubiera merecido, pero su semblante amable, agradable, modesto sigue en la memoria de todos los que le conocieron. Otro —cuyo nombre no mencionaré— ha seguido su propio camino, la extraña Odisea de su decadencia. Por entonces ya habían pasado los días del favor real, pero en su vida más estrecha en Barbizon todavía se mostraba consciente de su importancia; amistoso, cordial, presidía varias asociaciones y llenaba las salas; aún no había abandonado su batalla perdida y seguía trabajando en grandes lienzos que nadie compraba, esperando aún que la fortuna le volviera a sonreír.

Pero aquellos días también eran demasiado buenos para durar, y el antiguo favorito de dos reyes huyó de noche, si lo que oí es cierto. Hubo una época en que se le consideraba un gran hombre y a Millet un pintamonas. ¡Qué venganzas traen las vueltas que da la suerte! Compadecerse de Millet es arrogancia; si la vida es dura para espíritus tan resueltos y piadosos, más dura aún sería para nosotros, si tuviéramos la inteligencia para comprenderla; pero podemos compadecernos de este rival, más desgraciado, que sin ningún mérito aparente fue encumbrado a la opulencia y la fama momentáneas, y sin ninguna culpa aparente se fue hundiendo paso a paso hasta la nada. Ninguna desgracia excede la amargura de una trayectoria tan perversa, aunque fuera soportada con valor; pero también debemos compadecer a aquellos que fueron arrancados prematuramente del caballete. De todos los jóvenes de esa época uno descollaba por ser especialmente prometedor; estaba en la edad de la fermentación y le enamoraban las excentricidades. «Il faut faire de la peinture nouvelle» era su lema; pero si el tiempo y la experiencia hubieran continuado su educación, si se le hubiera concedido salud para volver de esas excursiones a lo constante y lo central, estoy convencido de que el nombre de Hills se habría hecho famoso.

La posada de Siron, esa excelente barraca de artistas, se regía por principios sencillos. Cuando regresabas de tus caminatas por el bosque, a cualquier hora de la noche, ibas al salón de billar y te servías el licor que quisieras, o bajabas a la bodega y volvías cargado de cerveza o vino. Los Siron estaban dormidos en sus aposentos, y no había nadie para controlar tus incursiones; sólo al final de la semana se hacía un cómputo, se dividía el resultado y a cada huésped se le asignaba una parte variable bajo la rúbrica: estrats. A los huéspedes más sufridos se les imponía la tasa mayor y tu factura crecía en proporción directa a la docilidad de tu carácter. De igual forma, podías tomarte tu café o leche fría a cualquier hora de la mañana antes de marcharte al bosque. Quizá te habían despertado las palomas aleteando en tu habitación, y en el umbral de la posada te recibía el aroma del bosque. Cerca estaban los anchos caminos, las rocas musgosas, la interminable sombra del bosque. Allí eras libre de soñar y vagar. Y a medio día, y de nuevo a las seis de la tarde, te esperaba una buena comida en la mesa de Siron. El alojamiento con pensión completa, aparte de la cantidad variable de los estrals, te costaba cinco francos al día; la cuenta nunca se te entregaba hasta que la pedías, y si estabas pasando por una mala racha podías marcharte a donde quisieras y dejarla sin pagar.

IV

Teóricamente la casa estaba abierta a todo el mundo; en la práctica era una especie de club. Los huéspedes se protegían y, con ello, protegían a Siron. Como se prescindía de las formalidades, se exigía rigurosamente una cortesía esencial; el recién llegado tenía que sentir el pulso de la sociedad, y quebrantar una de sus normas no definidas recibía un castigo inmediato. Un hombre podía ser todo lo sencillo, torpe, desaliñado e informal con el lenguaje que quisiera, pero aquellos barbizonianos libres eran tan sensibles a un matiz de presunción o a la más mínima bravata como un grupo de doncellas reunidas para tomar el té. He visto cómo se expulsaba a gente de Barbizon; sería difícil explicar con palabras qué habían hecho, pero se merecían su suerte. Habían demostrado ser indignos de disfrutar esas libertades sociales; habían sido imperiosos, se habían «salido con la suya», les había faltado tacto para apreciar los «finos matices» de la etiqueta barbizoniana. Y una vez se les condenaba, el proceso de expulsión era de una crueldad implacable; después de una tarde con el imponente Bodmer, el alguacil de nuestra comunidad, el extranjero en falta no volvía a ser visto. Al día siguiente madrugaba más que nadie y se marchaba en el primer coche de posta del escenario de su vergüenza. Por lo que yo sé, nunca se condenó a un artista a la expulsión; me parece que algo así habría sido ilegal, pero la agradable y extraña realidad es que nunca fue necesario. En Barbizon he visto a pintores, escultores, escritores, cantantes; algunos eran huraños; otros, habladores y anodinos, pero todos ellos se integraron de inmediato en el espíritu de la asociación. Esta singular sociedad es puramente francesa, una criatura de las virtudes francesas y, posiblemente, de los defectos franceses. Los ingleses no pueden imitarla. La rudeza, la impaciencia, el más evidente egoísmo e incluso la mayor efusión en la amistad de los anglosajones no tardarían en desmembrar una sociedad así. Sin embargo, esta reunión fortuita de jóvenes pintores franceses, aunque desprovista del aparato y de la pompa del gobierno, mantuvo la vida del lugar sobre una determinada base, impuso imperceptiblemente su etiqueta a los dóciles y con un lenguaje cáustico hizo valer sus edictos contra los visitantes inoportunos. Cuando se piensa en ello, tanto más sorprendente resulta el fracaso de su raza en un contexto más amplio. Parece que esta civilidad innata —por usar el término en su sentido más completo—, este ajuste natural y fácil de libertades contrapuestas, es todo lo que hace falta para que una nación sea gobernable y un país justo y próspero.

Nuestra sociedad, así purgada y protegida, rebosaba del optimismo, las risas y la iniciativa de la juventud. Los pocos hombres de más edad que se unían a nosotros todavía eran jóvenes de espíritu y actuaban como sus compañeros. Regresábamos de las largas salidas al tonificante aire libre con la sangre renovada por el sol y el ánimo vivificado por el silencio del bosque; la confusión de voces era reconfortante; nos sentábamos a comer y a jugar como hombres naturales y en la buhardilla de la posada, adornada con pinturas e iluminada con velas que humeaban en el aire nocturno, continuaban la charla y las risas hasta bien entrada la noche. Era un buen lugar y una buena vida para cualquier joven de inclinación natural; mejor aún para estudiantes de pintura y quizá el mejor de todos para el estudiante de letras. También él estaba saturado de esta atmósfera del estilo; aislado de las corrientes perturbadoras del mundo, podía olvidar que existían otros intereses más acuciantes que el del arte. Pero en un lugar así apenas era posible escribir; a diferencia del pintor, no podía adormecer su conciencia con la producción de insulsos estudios; se veía ocioso entre muchos otros que en apariencia estaban ocupados, y unos pocos que en realidad lo estaban; e impulsado por una salud fortalecida y el continuo estímulo de escenas románticas, se atormentaba con el deseo de trabajar. Se entregaba a una agotadora inactividad llena de visiones, comidas abundantes, largos y sofocantes paseos, diversión con sus compañeros; y, flotando como música por el cerebro, visiones de grandes obras de las que Shakespeare se habría enorgullecido, fogosas epopeyas, gloriosos fragmentos de dramas y palabras preñadas de significación. Así, lo mismo que Moisés en la montaña, en la juventud tenemos visiones de esa Hermosa Mansión del arte en la que nunca penetraremos. Son sueños e insustanciales; visiones de estilo que no reposan sobre una base de significado humano; los últimos pálpitos de ese excitado aficionado que tiene que morir en todos nosotros para que el artista pueda nacer. Pero se nos presentan en tal arco iris de gloria que todo logro posterior parece insípido y mundano en comparación. Todos éramos artistas; casi todos nos encontrábamos en la edad de la ilusión, cultivando un genio imaginario y moviéndonos con la melodía de un engañoso Ariel; ¡no es de extrañar que fuéramos felices! Pero el arte, de la naturaleza que sea, es una amante amable y aunque esos sueños de juventud caen por su propio peso, otros, más graves y sustanciales, tienen éxito; los síntomas cambian, la benigna enfermedad perdura; y la Hermosa Mansión resplandece en lo alto de su montaña, siempre a la misma distancia.

V

Gretz se encuentra fuera del bosque, a la ribera del cristalino río. Tiene un molino, una iglesia antigua, un castillo y un puente admirable. Ese puente es propiedad pública, se ha hecho anónimamente famoso y recibe al aficionado indiferente desde las paredes de cientos de exposiciones. Lo he visto en el Salón; lo he visto en la Academia; lo he visto en la última Exposición

Francesa, en una excelente ejecución de Bloomer; y una representación en blanco y negro firmada por A. Henley adornó este ensayo en las páginas del Magazine of Art. ¡Sufrido puente! Y si mañana visitas Gretz, encontrarás a una nueva generación acampada en el jardín de Chevillon bajo sus sombrillas blancas, pintándolo obstinadamente de nuevo.

Si se hace omisión del puente, Gretz es un lugar menos estimulante que Barbizon. Pero lo prefiero a Cernay. Hay algo espectral en la gran plaza vacía de Cernay, con las mesas de la posada en una esquina, como si se hubiera dispuesto el escenario para una ópera rústica, donde a primera hora de la mañana todos los pintores rompen su ayuno con vino blanco bajo las ventanas de los aldeanos. Muy distinto es despertar en Gretz, bajar al frondoso jardín de la posada, acercarse al río que fluye bajo el puente y ver salir el sol sobre los álamos. Las comidas se sirven al fresco de los árboles, bajo el aleteo de las hojas. El chapoteo de los remos y los bañistas, los trajes de baño puestos a secar, las esbeltas canoas junto al espigón… todo habla de una sociedad que sabe disfrutar. En Gretz hay «algo que hacer». Quizá por esa razón no recuerdo pasiones tan duraderas, un goce tan exultante como entre las solemnes arboledas y las horas plácidas de Barbizon. Este «algo que hacer» es un gran enemigo de la alegría, una forma de abandonarla; volcamos nuestro contento en alguna ocupación rutinaria y ¡se evapora! Pero Gretz es un lugar alegre a su manera: bonito para contemplarlo, alegre para vivir en él. El curso de su diáfano río, tanto en la parte alta como en la baja, presenta innumerables atractivos al navegante: laberintos de juncos forman islotes que en otoño se llenan de bayas, las imágenes reflejadas e invertidas de árboles, lirios y molinos, y la espuma y el estruendo de las esclusas. Y de todas las majestuosas calzadas, ninguna lo es más que la que conduce a Nemours, flanqueada por hileras de álamos, en la brisa del anochecer.

Pero incluso Gretz ha cambiado. La vieja posada, desde hacía tiempo apuntalada, reforzada y entibada, se acabó desplomando bajo el peso de los años, y aquel lugar, tal como era, ya no es más que una borrosa imagen en la memoria de los antiguos huéspedes. Ellos sí recuerdan la vieja escalera de madera; las tardes lluviosas, el gran fogón, el vivo fuego de las ramas y los huéspedes reunidos alrededor del pilar en la cocina. Pero el tejido material ya es polvo; con los últimos habitantes no tardará en seguirle su recuerdo, y ellos, a su vez, sufrirán la misma ley y su nombre y su linaje desaparecerán del mundo de los hombres. «Por el recuerdo de la vieja casa», en la bella expresión de Pepys, permítaseme contar una historia. Cuando Francia sufrió la marea de la invasión, dos pintores extranjeros quedaron varados sin recursos en Gretz, y allí les acogieron de buen grado los Chevillon hasta que la guerra hubo terminado. Era difícil obtener víveres, pero lo dos desvalidos siguieron siendo bienvenidos en todas las ocasiones, comían cada día con la familia y cada cierto tiempo se les proporcionaban servilletas limpias, que a ellos les daba escrúpulos utilizar. Madame Chevillon se fijó en esto y les regañó. Pero ellos se mantuvieron firmes; de la comida no podían prescindir, pero, como carecían de dinero, no querían ensuciar las servilletas.

VI

Pese a ser tan pintorescas, Nemours y Moret apenas han sido visitadas por pintores. En realidad, están demasiado pobladas; tienen sus propias costumbres y podrían ofrecer resistencia al drástico proceso de colonización. De forma un tanto inexplicable Montigny ha sido ignorada; nunca la vi habitada excepto en una ocasión, cuando Will H. Low se instaló allí con un barril de Piquette e invitaba a sus amigos en un frondoso varaseto sobre la esclusa, disfrutando de la vista del verde prado y la música del agua. Aquella morada era extremadamente fresca, bella y agradable, demasiado rústica para ser teatral, y, por lo que recuerdo del lugar en general, y del varaseto en particular —por la mañana, cuando lo visitaban los pájaros, o por la noche, cuando el rocío caía y las estrellas se sumaban a la fiesta—, quizá tengo una opinión demasiado halagüeña sobre el futuro de Montigny. Chailly-en-Bière ha sobrevivido toda suerte de cosas y permanece en un polvoriento sopor en la llanura: el cementerio de sí misma. La gran calzada aún atestigua el antiguo alboroto de los postillones y de las campanillas de los carruajes; y en la posada todavía hay colgadas, como placas conmemorativas, pinturas de una generación anterior, muerta o condecorada ya hace mucho tiempo. En mi época sólo un hombre, de gran audacia, vivía allí. Cada cierto tiempo se acercaba a Barbizon como un espectro que tratara de volver a vislumbrar la luna y, después de algún contacto con seres de carne y hueso, regresaba a su austero retiro. Pero incluso él, la última vez que estuve en el bosque, había vuelto a Barbizon definitivamente y puso colofón a la lista de chaillitas. Quizá reviva, pero lo dudo mucho. Achères y Recloses todavía aguardan a un pionero; Bourron está descartada, pues no es más que una repetición de Gretz, sin el río, el puente o la belleza; y de todos los lugares posibles en la parte occidental, sólo resta Marlotte. Apenas la conozco y, muy probablemente por esa razón, no me gusta mucho. Parece una aldea ostentosa y fea. La posada de Madre Antonie no tiene atractivo alguno y su rival más reputada, aunque ofrece las suficientes comodidades, es vulgar. Marlotte tiene nombre; es famosa. Si yo fuera un joven pintor, no me tentaría su gloria.

VII

Éstas son las palabras de un veterano, y aunque el tiempo es un buen conservante en los bosques, puede que gran parte de estas cosas ya no sean ciertas. Muchos de nosotros pasamos allí días idílicos y seguimos adelante, pero nos hemos dejado una parte de nuestras almas enterrada en aquellos bosques. Yo no trataría de recuperar esas reliquias; son tesoros incomunicables que no van a enriquecer a quien las descubra, y, sin embargo, pueden permanecer allí, sepultadas bajo grandes robles o dispersas por los caminos del bosque, reservas de energía juvenil y recuerdos queridos. Y lo mismo que una generación pasa y renueva el campo de labranza para la siguiente, tengo para mí la fantasía de que cuando los jóvenes de hoy entren en el bosque hallarán el aire vivificado por los espíritus de sus predecesores y, como esas «melodías no escuchadas» que son las más dulces de todas, la memoria de nuestra risa todavía se deslizará entre los árboles. Esas voces felices que en los bosques animan a seguir al caminante, esos emocionantes silencios y susurros de las arboledas, ¿no hablarán de mí y de mis compañeros en Fontainebleau? No nos resignamos a desaparecer por completo de los escenarios de nuestra dicha; nos gustaría dejar, aunque sólo fuera por gratitud, una columna y una leyenda.

Una tras otra, las generaciones llegan como abejas melíferas a este memorable bosque, rapiñan sus dulces, se pertrechan de recuerdos vitales y, cuando el robo se ha consumado, regresan a la vida más ricas, pero también más pobres. Pues han poseído el bosque, que a partir de ese día es indisolublemente suyo, y de noche regresarán a caminar por él en sus sueños más amables y lo utilizarán siempre en sus libros y pinturas. Con todo, cuando prepararon su equipaje y ordenaron sus apuntes y bocetos, parece que olvidaron algo. Una solitaria proyección de sí mismos visitará esos escenarios de felicidad, un hijo natural de la fantasía, engendrado y olvidado inadvertidamente. Como viajantes infatigables, esos espectros siguen caminando por los campos de nuestros vagabundeos; pero los duendes de Fontainebleau, como los de todos los lugares que amamos, tienen una larga vida y la memoria se resiste piadosamente a olvidar a esos huérfanos. Si en algún recodo de ese bosque encontrara usted a mi etéreo joven, salúdele con ternura. Era un buen muchacho, aunque ahora esté abandonado. Y cuando le llegue a usted el turno de partir del bosque, ojalá deje a uno tras de sí; pero esperemos que no sea otro Marco Antonio u otro Werther, ni un mequetrefe lloroso, sino, como corresponde a esta edad tan activa y sin congojas en la que estamos, un hijo de horas felices.

Puede decirse que nunca ha habido una obra de arte perfecta, y no muchas que fueran nobles, que no fueran concebidas con alegría.

Y, cabría añadir, ningún hombre ha sido nunca nada más que una desgracia y una fuente de desánimo para sus compañeros si no posee una generosa capacidad de disfrutar. Bien como hombre bien como artista, que el joven no deje de ir a Fontainebleau y, una vez allí, dejémosle que se entregue al espíritu del lugar; aprenderá más con el ejercicio que con los estudios, aunque ambos son necesarios; y si puede abrir su corazón a la alegría y la inspiración de los bosques, ya habrá hecho mucho para deshacer la maldición de sus bocetos. Un espíritu afinado en el tono de la prístina naturaleza difícilmente se atreverá a realizar un estudio y decir con aire grandilocuente que se trata de una pintura.

La emoción incomunicable de las cosas, ése es el diapasón con el que hemos de probar el temple de nuestro arte. Aquí es donde la Naturaleza enseña y condena, y nos sigue espoleando a nuevos esfuerzos y nuevos fracasos. Hace que nos sonrojemos ante nuestras obras ignorantes y tibias, y cuantos más sobresaltos inspiradores de ésos experimentemos, menos proclives seremos a entusiasmarnos por la literalidad en nuestras producciones. En todos los sentidos y ciencias, la letra mata; y hoy, cuando la condena ignorante de todas las pinturas de estudio está en boca de cada lerdo, es una lección extremadamente útil. Que el joven pintor vaya a Fontainebleau y, al mismo tiempo que se emboba con estudios que le enseñan el aspecto mecánico de su oficio, que pasee al aire libre y sea un siervo de la alegría, que no elija y catalogue sino que se someta a los humores de la naturaleza. Así aprenderá — o aprenderá a no olvidar— la poesía de la vida y de la tierra, que, cuando haya encontrado su camino, le impedirá caer en la lánguida reproducción.

La antigua capital del Pacífico

Los bosques y el Pacífico

La bahía de Monterrey ha sido comparada nada menos que por el general Sherman con un anzuelo curvo; y la comparación, si bien es menos importante que su marcha a través de Georgia, delata la vista de un soldado para la topografía. Santa Cruz se encuentra, expuesta, en la caña; la desembocadura del río Salinas está en el centro de la curva; y la propia Monterrey se halla al resguardo junto a la lengüeta. De esta forma, la antigua capital de California se ve al otro lado de la bahía, donde el océano Pacífico, aunque oculto por colinas y bosques, bombardea su flanco izquierdo y parte trasera con un oleaje inagotable. Ante la ciudad, la larga línea de playas se extiende hacia el norte y noroeste, y después hacia el oeste, para circundar la bahía. Las olas que lamen tan pausadamente los espigones de Monterrey se vuelven más ruidosas y grandes a lo lejos; de día se las puede ver alzándose, coronadas de blanco; de noche, la luz de la luna y la espuma dibujan la silueta de la playa en plata transparente; y por todas partes, incluso cuando el tiempo está en calma, el inquietante estruendo del Pacífico en la distancia se cierne sobre la cosa y la región próxima a ésta como el humo sobre la batalla.

Esas largas playas resultan tentadoras para el hombre ocioso. Sería difícil encontrar un paseo más solitario y, al mismo tiempo, más estimulante para la mente. Bandadas de gaviotas y patos revolotean sobre el mar. Los playeros zancones se aventuran tras las olas cuando se retiran, gorjeando juntas en un coro de cantos infinitesimales. Aquí y allá, dispersas por la arena, se ven extrañas algas marinas, nuevas para el ojo europeo, huesos de ballenas o a veces una ballena muerta, que envenena el aire, cubierta de gaviotas carroñeras. Las olas se aproximan lentamente, enormes y verdes, doblan sus cuellos translúcidos y estallan con un estrépito sorprendente que se prolonga, creciendo y disminuyendo por todo el largo teclado de la playa. La espuma de esas grandes ruinas asciende en un instante hasta el borde del glacis de arena, retrocede rápidamente y es enterrada bajo la siguiente gran ola. El interés se renueva constantemente. No conozco ninguna otra costa en la que se disfrute de un tiempo tan apacible y soleado, un espectáculo comparable de la grandeza del Océano, una belleza semejante de colores cambiantes o un estruendo parecido. El aire mismo está más salado de lo habitual en esta profundidad homérica.

Cerca de la orilla, las dunas bordean la playa. Aquí y allá una laguna, más o menos salina, atrae a pájaros y cazadores. La áspera maleza oculta parcialmente la arena. Los achaparrados y resistentes robles vivos crecen aislados o formando espesuras —el tipo de bosque en el que se ocultan los predadores— y en algunos lugares las faldas del bosque se extienden hacia la base de las colinas con extensiones de hierba y largas quebradas de pinos de los que cuelga musgo español. Por este hermoso desierto los trenes se aproximaban a Monterrey desde la confluencia en la ciudad de Salinas —aunque ésa y tantas otras cosas ya han cambiado para siempre—, y era desde aquí desde donde se veía por primera vez la antigua ciudad sobre la arena, con sus blancos molinos de viento resplandeciendo en la fresca y perpetua brisa y las primeras brumas de la noche arrastrándose perezosamente desde el mar.

La única nota común de toda esta región es la insistente presencia del océano. El ruido sordo de las grandes olas te sigue a las gargantas de tierra adentro; el rugido del agua permanece en las limpias y vacías habitaciones de Monterrey como en una concha sobre la chimenea; vayas a donde vayas, sólo tienes que detenerte y escuchar para oír la voz del Pacífico. Sales de la ciudad por el suroeste y subes la colina entre los pinares. Te rodean claros, matorrales y arboledas. Sigues sendas serpenteantes de arena que no conducen a ninguna parte. Ves un ciervo, una multitud de codornices levantan el vuelo. Pero el sonido del mar te sigue mientras avanzas, como el del viento entre los árboles, sólo que resulta más duro y extraño al oído; y cuando, al cabo, llegas a la cima, surge de todas partes y con renovada fuerza el mismo rumor distante y continuo del océano; pues ahora estás en el punto más alto de la península de Monterrey y el ruido ya no asciende solamente por detrás de ti, a lo largo de la playa hacia Santa Cruz, sino también desde tu derecha, rodeando Chinatown y el faro de Pinos, y, ante ti, hasta la desembocadura del río Carmelo. Estruendosas olas ciñen el bosque. Ese lejano rumor circundante perturba el silencio que te rodea sin llegar a romperlo. Resulta irritante para los sentidos, tensa tu atención; de forma inusitada percibes claramente junto a ti débiles sonidos; caminas escuchando como un cazador indio, y esa voz del Pacífico es como una inquietante compañía en tu paseo.

Una vez estaba en esos bosques me resultaba difícil dar la vuelta para volver a casa. Todos los bosques incitan a seguir al caminante, pero en los de Monterrey era el oleaje lo que me animaba especialmente a prolongar mis paseos. Me dirigía derecho hacia donde creía que la playa estaría más próxima. En realidad se puede decir que tomara la dirección que tomara tarde o temprano acababa en el Pacífico. La soledad de los bosques me daba sensación de libertad y descubrimiento en aquellas excursiones. Sólo en una ocasión me encontré con un hombre. Era un mexicano grueso y sonriente, de piel muy oscura, que llevaba un hacha aunque su verdadera ocupación en aquel momento era buscar el ganado extraviado. Le pregunté qué hora era, pero daba la impresión de que ni lo sabía ni le interesaba, y cuando, a su vez, él me preguntó si había visto a su ganado, yo mostré una indiferencia similar. Permanecimos inmóviles sonriéndonos durante unos segundos, y entonces nos volvimos sin decir palabra y retomamos nuestros respectivos caminos en el bosque.

Un día —nunca lo olvidaré— había tomado un sendero que era nuevo para mí. Al cabo de un rato, el bosque empezó a clarear y el mar a sonar a más cerca. Llegué a una calzada y, para mi sorpresa, a un portillo. Unos pasos más allá y, todavía dentro del bosque, me encontré entre cuidadas casitas. Recorrí varias calles, situadas en paralelo y perpendicularmente, y aunque la hierba servía de pavimento y había árboles aquí y allá, eran innegablemente calles, y cada una tenía una placa con su nombre en las esquinas, lo mismo que en las ciudades auténticas. En la arteria principal —«Central Avenue», como ponía en su placa— vi un templo al aire libre, con bancos y tornavoz, como para una orquesta. Todas las casitas estaban cerradas a cal y canto; no había humo, no se oía más sonido que el de las olas, nada se movía. Nunca había estado en un lugar que me pareciera tan de ensueño. En Pompeya reina el ajetreo de los visitantes, y su antigüedad y singularidad engañan a la imaginación; pero era evidente que aquel pueblo no había sido construido hacía más de un año o dos, y quizá había sido abandonado de la noche a la mañana. De hecho, más que un pueblo abandonado parecía el decorado de un escenario desierto a la luz del día. Por fin, el ladrido de un perro me condujo a la única casa que todavía estaba ocupada, en la que un pastor escocés y su esposa pasaban el invierno solos en aquel teatro vacío. El lugar se llamaba «Parque del Pacífico, Colonia Marítima Cristiana». En la estación cálida llegaban allí numerosas personas para disfrutar de una vida de templanza, religión y coqueteo, que estoy dispuesto a imaginar intachable y agradable. Al menos, el entorno está bien elegido. Delante, retumba el Pacífico. Al oeste está Point Pinos, con el faro en un solitario arenal, donde puedes encontrar al farero tocando el piano, construyendo maquetas y arcos y flechas, estudiando el anochecer y el alba en óleos de aficionado, y dedicado a otra docena de intereses y actividades elegantes con las que sorprende a sus valerosos compatriotas rivales. Al este, todavía más cerca, encuentras una pradera, una pequeña aldea, una caleta entre las rocas, un mundo de oleaje y gritos de gaviotas. Tales escenas son muy parecidas en climas distintos; dan una impresión acogedora a los ojos de todos; a mí me recordaba a una docena de lugares en Escocia. Sin embargo, las embarcaciones que llegan al fondeadero tienen un diseño extraño, y, si entras en la aldea, verás rostros y trajes y escucharás una lengua que no encuentran eco en la memoria. Hay pebeteros perfumados encendidos, se fuma la pipa de opio, por el suelo ves diseminados papeles de colores —oraciones que, por alguna razón, se podría decir que no han llegado a su destino— y, escribiendo de izquierda a derecha con el pincel recto, un hombre envía las noticias de Monterrey al Imperio Celestial.

Los bosques y el Pacífico gobiernan juntos el clima de esta región costera. En las calles de Monterrey, cuando la brisa no huele a sal de uno, traerá el aroma resinoso de los otros. En ocasiones se cierne sobre la aldea durante días enteros un aire seco que parece llegar de un horno, aunque saludable y aromático. La causa no está lejos, pues hay un incendio en los bosques y el viento caliente sopla desde las colinas. Estos fuegos son uno de los grandes peligros de California. En Monterrey he llegado a ver tres al mismo tiempo: de día, una nube de humo; de noche, un carbón al rojo vivo en la distancia. Se desatan por una pequeñez y, si el viento es favorable, avanzan kilómetros y kilómetros más rápidos que caballos a galope. Los habitantes deben acudir y trabajar con todas sus fuerzas porque el fuego no sólo acaba con las agradables arboledas; también están en peligro el clima y el suelo, y estos incendios impiden las lluvias del invierno siguiente y secan manantiales perennes. California ha sido una tierra de promisión en su momento, como Palestina, pero si los bosques siguen destruyéndose tan rápidamente, se puede convertir, como Palestina, en una tierra de desolación.

Ver los bosques mientras arden lánguidamente es una extraña experiencia. El fuego arrasa el sotobosque con furia. Aquí y allá un árbol se inflama en un instante, de la raíz a la copa, despidiendo llamaradas, y se apaga con la misma aparente rapidez. Pero esto último sólo es en apariencia. Porque después de que el musgo y las ramitas secas ardan como la pólvora, en las entrañas mismas del árbol continúa un fuego profundo y devorador. La resina del pino tea se condensa principalmente en la base del tronco y en sus anchas raíces. Así que, una vez que las espectaculares y ligeras llamas, que acompañan momentáneamente a la explosión, se han alejado con el viento, el verdadero daño para este gigante del bosque no ha hecho más que empezar. Puede ocurrir que te acerques al árbol desde un lado y lo veas chamuscado de arriba abajo pero parezca que ha sobrevivido al peligro. Sin embargo, si das la vuelta, allí, al otro lado del tronco, hay una masa de carbón candente que se extiende como una úlcera, mientras que bajo el suelo el fuego está consumiendo las raíces hasta su última fibra y el humo sale a la superficie por las fisuras. Antes de que pase mucho tiempo, súbitamente, el enorme pino se chascará cerca del suelo y se desplomará con un gran crujido. Entre tanto, el fuego continúa su silenciosa tarea; las raíces quedan reducidas a finas cenizas, y mucho después, si pasas por allí, verás que la tierra está perforada por galerías radiales que mantienen la forma de sus proyecciones subterráneas, como si fuera el molde de un nuevo árbol en vez de la huella de uno antiguo. Los pinos tea de Monterrey son, con la única excepción del ciprés de Monterrey, los más extraordinarios árboles del bosque. Las palabras apenas pueden dar una idea de sus contorsiones; podrían figurar, tal y como son, en un círculo del infierno descrito por Dante; y si pensamos en la lentitud con la que crecen y en la frecuencia con la que se declaran los incendios que se desbocan por los montes de California, es posible que llegue un momento en que no quede ninguno en pie en su tierra de origen. Al menos, no es que tengan que temer del hacha, sino que perecen por lo que podríamos denominar una causa natural aunque violenta, mientras que el hombre, con su miope codicia, es el que roba al país las nobles secoyas. A este paso, dentro de poco todas las colinas de la costa de California quizá acaben tan calvas como Tamalpais.

Tengo un interés personal en esos incendios del bosque, pues en una ocasión estuve tan cerca de un linchamiento que a un hombre más valiente quizá le estremecería aún la experiencia. Yo quería cerciorarme de si era el musgo, ese hermoso y sepulcral ornamento de los bosques californianos, lo que ardía tan rápidamente cuando la llama tocaba el árbol. Supongo que debía de estar bajo la influencia de Satán porque, en vez de arrancar un trozo para mi experimento, me acerqué a un gran pino en una parte del bosque que ni siquiera estaba chamuscada, encendí una cerilla y acerqué cuidadosamente la llama a una de las borlas. La llama prendió instantáneamente en el árbol, que, en tres segundos, se había convertido en una crepitante columna de fuego. Cerca de allí oí los gritos de la gente que estaba trabajando para apagar el fuego original. Podía ver en el campo abierto la carreta que les había llevado sujeta a un roble vivo; incluso divisé el destello de un hacha al sol en el momento en que surgía de la maleza. Si alguien hubiera presenciado el resultado de mi experimento, no habría dado un centavo por mi cuello; después de unos minutos de apasionada protesta me habrían colgado de una rama resistente.

Morir por diferencias faccionales es un mal común;

pero ser colgado por una tontería es una desgracia impeorable.

He corrido muchas veces en mi vida, pero nunca como aquel día. Por la noche salí del pueblo, y allí estaba mi fuego personal, se podía distinguir del otro y ardía con lo que a mí se me antojaba aún más virulencia.

Pero es el Pacífico el que ejerce la influencia más directa y evidente sobre el clima. Durante meses y meses seguidos se levantan desde el océano melancólicas brumas, vastas y húmedas, que llegan hasta la orilla al anochecer. Desde la cumbre de la montaña que domina Monterrey la escena con frecuencia es majestuosa, pero siempre triste. Por encima, la luz del sol todavía resplandece en el aire, una suave incandescencia perdura sobre el pico Gabelano; pero las brumas se apoderan de los niveles inferiores; se arrastran en jirones entre las dunas; flotan, un poco más arriba, en nubes de tamaño gigantesco y a menudo formas extravagantes; hacia el sur, al chocar con el saliente de las montañas de Santa Lucía, retroceden y se elevan hacia el cielo como si fueran humo. Adonde llega su sombra, el color desaparece del mundo. A su paso, el aire se vuelve frío y malsano. El alisio se reaviva, los árboles empiezan a susurrar y todos los molinos de viento de Monterrey giran y crujen y llenan sus cisternas con el agua salobre de las arenas. En poco tiempo la invasión es completa. El mar ha sumergido la tierra en su orden más liviano. Por esa noche, Monterrey queda encerrada entre nubes espesas, salobres, húmedas, frías, y permanece así hasta que vuelve el día; ante los rayos del sol se dispersan lentamente y retroceden en escuadrones derrotados hasta el seno del mar. Y, sin embargo, muchas veces, cuando la bruma es más espesa y fría, basta alejarse unos pasos de la ciudad y subir la ladera para que la noche se vuelva seca y cálida y se llene del perfume de tierra adentro.

Mexicanos, americanos e indios

La historia de Monterrey todavía no se ha escrito. Su auge y decadencia son típicos de los de todas las instituciones, e incluso de las familias, mexicanas de California: fundada por misioneros católicos, misión de beneficencia ilustrada para los indios, plaza de armas, capital mexicana que constantemente trataron de arrebatarse unas a otras las distintas facciones y capital americana cuando se reunió la primera Cámara de Representantes, después empezó su declive y pasó de ser capital del Estado a capital de condado y, al cabo, tras la pérdida de su cédula de fundación y sus tierras, quedó reducida a una aldea arruinada.

Nada es más extraño en ese extraño Estado que la rapidez con la que el suelo ha cambiado de manos. Se podría decir que los mexicanos son todos pobres y carecen de tierras, como su antigua capital; sin embargo, tanto ella como ellos se mantienen aparte y conservan sus antiguas costumbres y algo de su antiguo porte.

Cuando la visité, la ciudad tenía dos o tres calles, un económico pavimento de arena de playa y dos o tres callejones que se convertían en riachuelos en la estación lluviosa y que, en todas las estaciones, tenían grietas de más de un metro de profundidad. No había farolas. Los pocos tramos en los que había aceras de madera no hacían más que añadir peligros a la noche, pues con frecuencia estaban muy por encima del nivel de la calzada y no había forma de saber cuándo empezaban o acababan. La mayoría de las casas estaban construidas de adobe y muchas de ellas ya eran antiguas en un país tan joven; las había de proporciones muy elegantes, con estancias bajas, espaciosas y agradables, y paredes tan gruesas que el calor del verano nunca las secaba por completo. Cuando se aproximaba la estación de las lluvias, empezaba a extenderse un frío letal y un olor a cementerio por las plantas más bajas; y entre los domésticos de uno u otro sexo las enfermedades del pecho eran frecuentes y fatales.

No había actividad más que en las tabernas y alrededor de ellas, donde la gente permanecía todo el día jugando a las cartas. La excursión más pequeña se hacía a caballo. Era difícil ver la calle principal sin un caballo o dos atados a postes, y componían una bella estampa con sus arreos mexicanos. Cuando en Cornhill encontré algunas de las ilustraciones para Erema, de Blackmore, me resultó extraño que todos los personajes cabalgaran con monturas inglesas. En realidad, la montura inglesa es una rareza incluso en San Francisco e incluso se podría decir que es desconocida en el resto de California. En un lugar tan exclusivamente mexicano como Monterrey no sólo veías monturas mexicanas sino también verdaderos vaqueros: hombres que siempre iban a caballo a todas partes, ya fuera subiendo montañas, descendiendo por gargantas o salvando las curvas más pronunciadas, que apremiaban a sus caballos con gritos y gesticulaciones y crueles espuelas giratorias, los paraban en seco con un toque o los obligaban a girarse en un metro cuadrado. Su rostro y comportamiento eran sorprendentemente poco americanos. En cuanto al primero, los había entre algo que cabría considerar españoles puros y algo que, por su triste imperturbabilidad, les asemejaba a los indios puros, aunque no creo que en todo el país hubiera alguien que no fuera mestizo de estas razas. En cuando al carácter, era una fuente inagotable de sorpresas hallar, en ese mundo de americanos absolutamente carentes de formas, un pueblo lleno de porte y cortesía solemne, que hacía todas las cosas con gracia y decoro. En la indumentaria, les gustaban los colores vivos y los fajines llamativos. Ni siquiera los más americanizados podían resistir siempre la tentación de ponerse una rosa roja en la cinta del sombrero. Ni siquiera los más americanizados se rebajaban a llevar el detestable sombrero de etiqueta de la civilización. El español era la lengua de las calles. Resultaba difícil arreglárselas sin conocer unas palabras en ese idioma en determinados momentos. Lo único para lo que se comunicaba toda la población era la diversión. Cada semana se organizaba un baile público muy formal, además de numerosos fandangos en casas particulares. Había una fanfarria de aficionados bastante buena. Noche tras noche se daban serenatas en la calle, unas veces en grupo, con varios instrumentos y voces, y otras por separado, cada guitarra ante una ventana particular. Era extraño permanecer en la cama despierto en la

América del siglo XIX y oír las guitarras y una de esas viejas y desgarradoras canciones de amor españolas elevarse en el aire de la noche, bien en un grave barítono bien en ese patético y femenino contralto que es tan frecuente entre los hombres mexicanos y que al oído no acostumbrado le parece no del todo humano pero de una tristeza absoluta.

Así pues, la ciudad era esencial y completamente mexicana; sin embargo, en los alrededores la tierra era propiedad de americanos que pertenecían a la misma clase, numéricamente muy reducida, de la que procedían los principales cargos públicos. Algunos mexicanos te hablaban de sus antiguas haciendas, de las que no les quedaba nada. Cuando les preguntabas cómo había ocurrido algo así, te contaban desordenadamente una enrevesada historia de la que deducías que los americanos habían sido codiciosos como hombres arteros y los mexicanos codiciosos como niños, pero nada más quedaba en claro. Tanto sus méritos como sus faltas contribuyeron por igual a la ruina de los antiguos hacendados. Es cierto que eran imprevisores y que se impresionaban fácilmente ante la vista del dinero contante y sonante, pero también eran caballerosos, y de una manera que curiosamente les hacía incapaces de combatir la astucia yanqui. Si tienen que firmar un documento, consideran un agravio a la otra parte examinar con detenimiento las condiciones; más aún, si tienen que acatar alguna cláusula dudosa, hay diez probabilidades contra una de que no hagan objeciones por delicadeza. Me consta la veracidad de lo que digo porque he sido testigo de un caso así, y el mexicano, pese al consejo de su abogado, firmó como un cordero un documento viciado. Dijo que haber sacado ese asunto a colación y, sobre todo, haber dejado entrever a la otra parte que había consultado a un abogado, «habría sido como dudar de su palabra». Estos escrúpulos nos suenan extraños a los que hemos sido educados para considerar todo negocio como competencia en el fraude, y la honestidad misma como una virtud que atañe al cumplimiento de los contratos, pero no a su formulación. Este rasgo tan poco mundano explica buena parte de los cambios de los que estamos hablando. Los mexicanos tienen fama de ser grandes embaucadores, pero no cabe duda de que la acusación es cierta en las dos direcciones. En una competición de esta clase, difícilmente se habría llevado todo el botín la raza más escrupulosa.

Físicamente los americanos han triunfado, pero todavía está por ver hasta qué punto no han sido vencidos moralmente. Desde luego, esta cuestión no es sino parte de un gran problema que están resolviendo actualmente los distintos Estados de la Unión Americana. A propósito de esto recuerdo una anécdota. Hace algunos años, en una gran venta de vino todos los lotes sueltos fueron adquiridos por el propietario de una pequeña tienda de ultramarinos de la vieja ciudad de Edimburgo. Intrigado, al cabo de un tiempo el agente le visitó y le preguntó qué uso había dado a todo aquel género. A modo de respuesta el comerciante le mostró una enorme cuba en la que fermentaban todos los licores juntos, desde el humilde Gladstone hasta el imperial Tokay. «¿Y cómo piensa llamarlo?». «No estoy muy seguro —respondió el comerciante—, pero creo que el resultado va a ser oporto». En los más antiguos estados de la costa este, me parece que podemos decir que el resultado de esta mezcolanza de razas va a ser inglés, o algo parecido. Pero en otras zonas el problema presenta matices muy diversos. La amalgama de elementos es distinta en el sur, en lo que podemos denominar el cinturón Territorial, y en el grupo de estados de la costa oeste. En estos últimos sobre todo, puede surgir un monstruoso híbrido: es imposible prever si bueno o malo, pero, desde luego, original y completamente propio. Día tras día, nos hemos encontrado en mi pequeño restaurante de Monterrey un francés, dos portugueses, un italiano, un mexicano y un escocés, y nuestros visitantes comunes eran un americano de Illinois, una mujer india de raza pura y un chino naturalizado, y de vez en cuando bajaban de los ranchos a pasar la noche un suizo y un alemán. No es de extrañar que la costa del Pacífico sea un país extranjero para los visitantes de los estados del este, pues cada raza aporta algo propio. Incluso los despreciados chinos han enseñado a la juventud de California no alguna de sus cualidades sino el degradante consumo del opio. Y entre todas estas influencias la principal es la de los mexicanos.

Aunque vivan en él, los mexicanos no se integran en el Estado. Aún conservan una suerte de independencia internacional y resuelven sus asuntos entre ellos. Apenas hace cuatro o cinco años, cuando sus hombres fueron dispersados y era perseguido sin tregua en otras regiones de California, el bandido Vásquez regresó a su Monterrey natal, donde se sentía seguro, y fue visto públicamente en sus calles y tabernas. El año en que yo estuve allí se produjeron dos supuestos asesinatos. Como los habitantes de Monterrey son muy maledicentes, no puedo juzgar cuánto había de verdad en aquellas historias, pero aunque en un caso todos creían —y, en el otro, algunos sospechaban— que se había cometido un desafuero, a nadie se le ocurrió por un momento poner el asunto en manos de las autoridades. Desde luego, esto es característico de los mexicanos, pero hay que señalar que todos los americanos de Monterrey miraron para otro lado sin decir nada. Incluso cuando les hablé sobre ello, parecían no comprender mi sorpresa; habían olvidado las tradiciones de su propia raza y su educación y, en una palabra, estaban completamente mexicanizados.

Como prácticamente carecen de dinero, en la mayoría de los casos los mexicanos recurren para sus transacciones comerciales a documentos sin valor que se entregan unos a otros. Pedro, sin un centavo, te paga con un pagaré que ha recibido del igualmente pobre Miguel. Funcionaban como una moneda local basada en la cortesía. En estas regiones el crédito se ha convertido en una superstición. He visto a un hombre fuerte y violento luchar durante meses por cobrar una deuda y no conseguir nada más que un papel inservible. Ni siquiera los comerciantes piden que se les pague con dinero y parecen más sorprendidos que complacidos cuando se les ofrece. Temen alguna intención oculta y que vayas a dejar de comprar en su establecimiento. He visto al diligente farmacéutico y papelero rogarme con vehemencia que no retirara mi cuenta, aunque tenía en la mano la cartera abierta; y en parte por lo habitual del caso, en parte por un residuo de esa vieja y generosa tradición mexicana de la hospitalidad, aunque se sepa que una persona no sólo no puede sino que tampoco quiere pagar, sigue obteniendo a crédito los artículos de primera necesidad en las tiendas de Monterrey. Ahora bien, este infame hábito de vivir «a cuenta» se ha naturalizado en California. No quiero decir que los comerciantes americanos y europeos de Monterrey sean tan laxos como los mexicanos, sino que, en muchas partes del Estado, los granjeros americanos esperan crédito ilimitado y se benefician de él mientras pueden, sin pensar en las consecuencias. Los comerciantes judíos ya han se han percatado de las ventajas de esto: inducen al granjero a endeudarse de forma irreparable y a partir de entonces le tienen como su esclavo, trabajando para ellos sin remisión. De esta forma, las vicisitudes de la vida traen su venganza y, excepto por el hecho de que los judíos saben que es más rentable no embargar, quizá veamos a los americanos atados a las mismas cadenas a las que ellos ataron a los mexicanos con anterioridad. Parece como si ciertos desatinos, lo mismo que ciertos tipos de grano, proliferasen especialmente bien en una tierra determinada, en vez de en la raza que la posee y la cultiva en un momento determinado.

Entre tanto, los americanos gobiernan el condado de Monterrey. La nueva capital del condado, Salinas, situada en la llanura cerealista que domina el pico Gabelano, es una ciudad de carácter exclusivamente americano. Predominan las grandes haciendas que son otro legado de los tiempos mexicanos y que actualmente constituyen el principal peligro y desgracia de California; sus propietarios son en su mayor parte de origen americano o británico. En Inglaterra no nos hacemos una idea de los problemas e inconvenientes que provoca la existencia de esos grandes hacendados: ladrones de tierras, expoliadores, tiburones, como se les suele llamar sin circunloquios. Así, las tierras que pertenecían a Monterrey ahora están en manos de un solo hombre. Cómo llegaron a su poder es una cuestión turbia y enojosa, y, con razón o sin ella, es muy odiado. Su vida ha estado varias veces en peligro. No hace mucho tiempo, según me contaron, varios hombres enmascarados sedientos de su sangre detuvieron la diligencia para ver si se encontraba entre los viajeros. También se dice que, cuando va en su calesa, pasa a toda velocidad por delante de cierta casa en Salinas porque su ocupante le envió una amenaza hace mucho tiempo. Pero hace un año fue señalado públicamente como objetivo nada menos que por Dennis Kearny. Aunque Kearny es de sobra conocido en California, explicaré brevemente quién es para los lectores ingleses. Carretero de origen irlandés, gracias a su dominio del improperio adquirió en el Estado una autoridad casi dictatorial que conservó durante seis meses, con la boca llena de maldiciones, horcas y soflamas incendiarias. El invierno pasado le hicieron huir Coleman con sus Vigilantes de San Francisco y tres ametralladoras Gatling; entonces acabó de cavar su propia tumba aliándose con el grotesco Greenback Party y, al cabo, tuvo que ser rescatado por sus antiguos enemigos, la policía, de manos de sus enfurecidos seguidores. Fue mientras estaba en la cumbre de su fortuna cuando Kearny visitó Monterrey, con su grito de guerra contra los trabajadores chinos, los potentados del ferrocarril y los ladrones de tierras, y la única recomendación articulada que hizo a los habitantes de la ciudad fue: «Colgad a David Jacks». Tengo para mí que si la ciudad hubiera sido americana, esto ya habría ocurrido hace años. La tierra es un asunto sobre el que no se bromea en el Oeste, y he visto a mi amigo el abogado salir de Monterrey para dirimir una disputa sobre un título de propiedad con el semblante de un capitán que se dirige a la batalla y su Smith and Wesson a mano.

En el rancho de otro de esos hacendados puedes encontrar en pleno funcionamiento a un viejo amigo: el sistema de pago con vales que se canjean en establecimientos del propio hacendado. Aquí viven de forma permanente hombres que trabajan cortando madera por un salario nominal que no da más que para subsistir. Cuanto más tiempo permanecen en este conveniente servicio, más profundamente se endeudan: una burlesca injusticia en un país joven, donde el trabajo debería ser muy preciado, y uno de esos casos típicos que explican el descontento imperante y el éxito del demagogo Kearney.

Si se compara cómo era y cómo es California, los que elogian los viejos tiempos mencionan a los indios de Carmel. El valle por el que discurre el río de ese nombre es genuinamente californiano: desnudo, con chaparral disperso y rodeado de extrañas colinas, que parecen inacabadas. El Carmel fluye junto a muchas agradables granjas; es un río de aguas diáfanas y someras que al ganado le gusta vadear, y, a su término, cuando se precipita hacia una ciénaga de arenas movedizas y el gran Pacífico, pasa cerca de las ruinas de una misión situada sobre una colina. Desde la iglesia de la misión la vista abarca la gran extensión del océano, y al oído llega constantemente el sonido de las olas distantes en la playa. Pero la época de los jesuitas ha pasado, ha llegado la de los yanquis, y no queda nadie para ocuparse del salvaje convertido. La iglesia no tiene cubierta y se está desmoronando; la brisa y la bruma del mar, y la alternancia de lluvia y sol ensanchan constantemente las brechas y desprenden los ornamentos de los muros. Por ser una antigüedad en este joven país, un bello ejemplar de la arquitectura de los misioneros y un monumento a las buenas acciones, tenía triple derecho a ser conservada por todas las personas conscientes, pero su suerte ha sido la indiferencia y el maltrato. No hay signo alguno de interferencia americana, salvo donde han arrancado la lápida de una tumba para practicar la puntería con un revólver. Lo mismo ha ocurrido con los indios para los que se construyó. Sus tierras, según me cuentan, sufren el acoso constante del hacendado americano con el que lindan y, aparte de eso, nadie se acuerda de los indios de Carmel. Sólo un día al año, la víspera de Guy Fawkes, el padre viene desde Monterrey; la pequeña sacristía, que es la única parte de la iglesia que todavía conserva la cubierta, se llena de asientos y se decora para la misa; los indios se reúnen, sus rostros oscuros y tristes en contraste con sus llamativas vestimentas, y allí, entre un grupo de veraneantes que no muestran demasiada simpatía, se puede escuchar la palabra de Dios en unas circunstancias quizá más sobrecogedoras que en cualquier otro templo bajo el cielo. Un indio completamente ciego, de unos ochenta años, dirige el canto, y el coro está integrado por indios; sin embargo, la música gregoriana les resulta natural y pronuncian el latín tan correctamente que podía seguir el significado de lo que cantaban. La pronunciación sonaba un tanto extraña y nasal, y el canto era un apresurado staccato. Pronunciaron «in saecula saeculoho-horum», con una vigorosa aspiración antes de cada sílaba adicional. Nunca he visto unos rostros que irradiasen más alegría que los de aquellos indios cantores. Para ellos no se trataba únicamente del culto a Dios ni de un acto por el que recordaban y conmemoraban mejores tiempos, sino que, además, era un ejercicio de cultura que reunía y expresaba todo lo que sabían del arte y las letras. Y entristecía el corazón pensar en los buenos padres de antaño que les habían enseñado a sembrar y a cosechar, a leer y a cantar, que les habían dado misales europeos que aún conservan y estudian en sus cabañas, y cuya autoridad e influencia han desaparecido en ese país… para ser sustituidas por codiciosos ladrones de tierra y sacrílegos pistoleros. Algo tan ignominioso es lo que puede poner nuestro protestantismo anglosajón junto a las actividades de la Compañía de Jesús.

Pero el mundo no deja de dar vueltas. Todo lo que digo en este artículo se refiere a algún momento pretérito. El Monterrey del año pasado ya no existe. Junto al ferrocarril ahora se levanta un enorme hotel en el desierto. Hay tres turnos sucesivos para cenar. A lo largo de la playa y entre los robles vivos se han instalado inapreciables baños, y en los periódicos y en los carteles que hay colgados en las salas de espera de las estaciones del ferrocarril Monterrey se anuncia como un centro de moda y riqueza. ¡Ay de aquella pequeña ciudad! No es lo bastante fuerte como para resistir la influencia de la ostentosa gran posada, y los pobres y dignos caballeros nativos de Monterrey han de perecer como una raza inferior ante los patanes millonarios de la Gran Bonanza.

Notas del bosque: horas ociosas

No es posible comprender verdaderamente los bosques de noche, con todos sus efectos misteriosos, hasta que no se les compara con los bosques de día. La paz que nos rodea, el suelo de reluciente arena, esos árboles que se alzan como algas monstruosas y oscilan al viento como las praderas de algas en las corrientes submarinas... todo eso lleva a la mente a pensar sobre lo que podemos haber visto desde un promontorio o desde el costado de un bote, y hacernos sentir como buceadores, en las profundidades del agua tranquila, fantasmas bajo la agitada y transitoria superficie del mar. No obstante, como digo, lo extraño de esas soledades nocturnas no se percibe por completo sin la impresión del contraste. Hay que haberse levantado por la mañana y visto los bosques como son de día, animados y teñidos por la luz del sol; hay que haber sentido el olor de incontables árboles al atardecer, el inmisericorde calor en los caminos del bosque y el frescor de las arboledas.

La primera mañana te levantarás temprano. Si no te ha despertado antes la visita de alguna paloma aventurera, lo hará el sol en cuanto llegue a tu ventana —porque no hay persianas ni contraventanas que puedan impedir que entre— y la habitación, con el desnudo suelo de madera y las desnudas paredes blanqueadas, resplandece a tu alrededor como una gloria de luces reflejadas. Puedes dormitar un poco más o permanecer despierto estudiando los hombres, perros y caballos dibujados a carboncillo con que los anteriores ocupantes de la habitación han manchado las paredes; Thiers, con perfil taimado; celebridades locales, pipa en mano; o quizá un paisaje romántico con unas manchas de óleo. Entre tanto, los artistas van desfilando por la salle-à-manger para tomar café y después se echan al hombro el caballete, el parasol, el taburete y la caja de pinturas, todo ello atado en un haz, y se van en busca de lo que denominan su «motivo». Uno tras otro, al salir de la aldea, son acompañados por un pequeño séquito de perros. Pues los perros, que sólo nominalmente pertenecen a un dueño concreto, permanecen todo el día en las proximidades de la entrada del bosque y en cuanto pasa alguien de quien se encaprichan, le acompañan durante una hora o dos mientras se dedican a jugar y cazar. Les gustaría quedarse bajo los árboles todo el día. Pero no pueden ir solos. Necesitan un pretexto. Así que toman al artista que pasa como excusa para ir al bosque como tomarían un bastón como excusa para darse un baño. De orejas tiesas, largos lomos y patas estevadas, o quizá tan altos como galgos y con cabeza de buldog, este grupo de chuchos te acompañan correteando todo el día y regresan a casa contigo por la noche, enseñando sus blancos dientes y moviendo la raquítica cola. Su buen humor es inagotable. Si quieres, puedes intentar librarte de ellos arrojándoles piedras, pero todo lo que hacen es mantenerse a una distancia mayor. Si han salido contigo, son fieles y regresan contigo, pero si a la mañana siguiente te los encuentras por la calle, muy bien puede ocurrir que te ignoren.

En el bosque apenas hay aves, lo que resulta extraño para un inglés. No es éste un país en el que de cada bosque entre las praderas se eleve el incienso del canto de los pájaros y en el que cada valle por el que discurre un riachuelo resuene y reverbere de lado a lado con una profusión de notas claras. Y la falta de pájaros no es sólo lamentable en sí misma. Los insectos proliferan en su ausencia y se han convertido en una de las plagas de Egipto. En la arena caliente hay enjambres de hormigas; los mosquitos zumban con su nasal zumbido; donde quiera que el sol encuentra un hueco en la bóveda del bosque se ven infinidad de criaturas transparentes moviéndose incansablemente en el haz de luz; e incluso cuando los rayos del sol no hacen una incursión en la sombría arcada del bosque, percibes un movimiento constante de insectos, un flujo y reflujo de seres infinitesimales entre los árboles. Pero no son los insectos las únicas criaturas malignas que habitan en el bosque. Puedes tropezar y caer en una cueva apenas visible entre las rocas y encontrarte cara a cara con un jabalí salvaje, o ver cómo una sinuosa víbora cruza el camino.

Quizá te habías acomodado en la bahía entre dos grandes raíces de haya con un libro en el regazo y un amigo te despierta de improviso y te dice: «Por favor, quédate como estás sin moverte. Eres un motivo perfecto». Y tú respondes: «Bueno, no me importa, si puedo fumar». Y así pasan las horas ociosamente. Tu amigo trabaja laboriosamente en la pintura, un poco apartado, bajo la amplia sombra del árbol; y, más allá, al otro lado de una franja de sol deslumbrante, ves a otro pintor, instalado a la sombra de otro árbol y metido hasta la cintura entre los helechos No puedes ver tu propia efigie surgiendo del blanco tronco ni cómo el tronco empieza a distinguirse del resto del mundo y la pintura va salpicándose de motas de sol que se cuelan entre las hojas y que, cuando la brisa sopla y hace hablar a los árboles, aletean de un lado a otro como mariposas de luz. Pero sabes que avanza y, emulando al pintor, aprestas tu paleta y preparas el color para una escena del bosque con palabras.

Tu árbol se encuentra en una hondonada cubierta de helechos y brezos, en una depresión entre colinas bajas, donde se ven rocas y enebros dispersos. Todo ese espacio abierto está bañado por un sol inmisericorde. Cada cosa sobresale como si estuviera recortada en cartón, cada color llevado a su clave más alta. Algunos peñascos están derechos e inertes como monolíticos castillos, mientras que otros están tumbados como ganado dormido. El enebro —que en su sucio y gastado luto parecería un cortejo fúnebre que hubiera ido buscando un lugar de sepultura durante más de trescientos años en el viento y la lluvia— no es más que unas enérgicas pinceladas entre los brillantes helechos y brezos. Cada rama de su follaje está definida con minuciosidad prerrafaelista. ¡Y qué lamentables resultan ahí fuera, al sol, como tejos enanos! Toda la escena está captada en una clave de color tan peculiar e iluminada con una luz solar tan violenta que una persona que viviera cincuenta años en Inglaterra no vería algo así.

Entre tanto, a tu lado, alguien entona una canción, dando un trémulo patetismo a un poema de Ronsard sobre lo enamorado que había estado de su amada y cómo la había apremiado refiriéndose al paso del tiempo y le había descrito a los muertos descansando, blancos e inmóviles, bajo las lápidas, y cómo el bote se balanceó y sumergió más profundamente en el agua cuando las sombras embarcaron hacia la tierra sin pasiones. Antes de que nos demos cuenta, cantaba el poeta, ya no habrá más amor; sólo quedará sentarse y recordar los amores que podrían haber sido. Hay una cadencia en la tonada que permanece en la memoria y vuelve en lugares incongruentes, en el asiento de un cabriolé o en la confortable cama por la noche, con algo del perfume del bosque.

«Ya te puedes levantar», dice el pintor. «Estoy con el fondo».

Así que te levantas, te estiras y te diriges al bosque, y ves que la luz del día es más intensa y dorada, y que las sombras se extienden en el campo abierto. Por los caminos sopla una brisa fresca y las fragancias se despiertan. Los abetos exhalan su aire puro. De matorrales ignorados llega el suave aroma secreto de los bosques, no como un perfume de la dicha sin límite, sino más bien como si unas damas cortesanas que hubieran conocido estos caminos en edades pretéritas aún caminaran por ellos en las tardes de estío y sus brocados dejaran un soplo de almizcle o bergamota en el aire del bosque. Un lado de las largas avenidas aún está encendido por el sol, el otro se ha hundido en una sombra translúcida. Sobre los árboles, poniente empieza a arder como un horno; y los pintores recogen sus pertenencias y bajan, por la avenida o por el sendero, a la llanura.